ぽっちゃりな私は妹に婚約者を取られましたが、嫁ぎ先での溺愛がとまりません

登場人物紹介
クレセット・フォン・ラーナ
若き伯爵当主。美貌と冷酷さが
社交界で噂になっていた。
メリーナにはどこまでも誠実で優しい。
メリーナ・フォン・ラーナ
公爵令嬢。しかし実家からも
婚約者からも冷遇され続けていた。
婚約破棄後、クレセットに求婚され、
伯爵夫人となる。

第一王子

メリーナの元婚約者。
昔からメリーナのことを
邪険に扱っていた。

リリア・ディ・ベラーディ

メリーナの妹。
メリーナの婚約破棄後、
第一王子の婚約者となる。

第二王女

第一王子の妹。
欲しいものは手段を
問わず手に入れる
悪女として有名。

サラ・フォン・マクガヴァン

伯爵夫人となった
メリーナの専属侍女。
代々騎士を務める
子爵家の三女。

セド

クレセットの親友。
侯爵家の次男。
王国騎士団所属の
騎士でもある。

「メリーナ、愛しているよ」

甘い低音でそう囁いたのは、美の化身とも称される、クレセット・フォン・ラーナ伯爵。

月の光のように輝く長い銀糸の髪。すらりとした長身と、整った容貌。白く滑らかな肌が月明かりに照らされて、この世の者ではないかのような美しさを漂わせている。

「屋敷に帰れば、君が暖かく迎えてくれる。何という幸福だろう」

鋭い眼光と氷のような無表情が常で、誰に対しても冷酷な美貌の伯爵、と社交界では畏怖と羨望を集めている。それが、今目の前で優しく笑っている、彼だ。

湖水色の瞳を細め……ポヨポヨと、お世辞にも痩せているとは言えない私の顎を指先で撫でている。

「あの……私が痩せたら、困りますか……？」

「君がそうなりたいのなら、止めないよ。私は、君という存在全てを愛しているからね」

そう。クレセット様は、この体型だから愛してくださっているわけではない。

「ただ、この世に君という存在が減ってしまうのは……寂しいな」

私そのものが愛おしいと、妻の私へ、ただただ惜しみない愛情を注いでくれるのだ。

元の世界にも国によってはこういう愛し方をする殿方がいたな、と私はその『元の世界』の記憶が蘇った日の出来事に思いを馳せた。

◆　◆　◆

「メリーナ、お前との婚約を破棄する！」

王城での夜会の最中、突然そう言い渡された。

その言葉を発したのはこの国の第一王子。金髪碧眼で整った容貌の、私の婚約者だ。

ざわつく場内。視線が私に注がれる。

「そして妹の、リリア公爵令嬢を婚約者として迎えることにした！」

続く言葉に、頭の中が真っ白になった。

殿下の隣に寄り添うリリア。綺麗に巻かれたお母様譲りの淡い桃色の髪が、美しく揺れた。

「リリア……どうし、て……」

唇が震えて、上手く言葉が出ない。

「だって、お姉さまが王太子殿下の婚約者だなんて、ねぇ？」

リリアはクスリと笑う。いつものリリアじゃないみたいな、見下した顔で。

どうして？　いつも応援してくれたじゃない。殿下はお姉さまをちゃんと愛してるわ。そう言っていつも元気付けてくれた。それなのに……

「安心して？　お姉さまには、心優しい殿下が、別のお相手を選んでくださったわ」

「え……？」

「バルロス伯爵様よ」

その名を聞いて、唖然とした。彼は醜悪な容姿ながらその権力を濫用《らんよう》して、街から美女を呼び寄せては妾《めかけ》にし、飽きれば物のように捨てると聞く。美女以外でも胸が豊満なら許容範囲という男。

そんな相手に私を差し出そうなんて……

「お姉さま。とぉってもお似合いでしてよ？」

会場中の笑いものになったその時、私は思い出した。

そう……前世の、記憶を。

私は、某百貨店で働く、美容部員だった……！

その瞬間、身体が異様に重く感じた。全身に米袋を付けたように、ずっしりと。手はウインナーのようにパンパンで、ウエストにくびれはなく、脚は重い体重を支えるために、ヒールのない靴を履いている。何を思ったか細身のシルエットのドレスは、はち切れんばかりだ。

確かに、この体型では……妹の気持ちも、わかる。わかるわ。でも、こんなに大勢の前で晒《さら》し者にしなくてもいいじゃない！

私は、泣きながら会場から逃げ出した。

婚約破棄が悲しいからじゃない。

妹に裏切られたからじゃない。

「悔しいっ……」

この国ではスリムな体型が美の絶対条件とされる。女性らしい丸みは残しつつ、スリムであること。今の私には言い返すことが……戦える武器がないことが、悔しい。あんな連中に笑われて、殴れもしないこの腕と地位が悔しい。

絶対に……絶対に、見返してやるっ！

家に戻り、姿見の前に立って、まずは現状を確認した。

「うーん……太い、けど」

この体、脂肪はわりと落ちやすいタイプだ。顔も丸々としているけど、目鼻立ちもはっきりしている。痩せればきっとそこそこ美人になる。

ベタベタに香油を付けられた髪は、綺麗に洗って梳《と》かせば艶のある水色だった。父は深い青色の髪だ。私は、父方の祖母と同じ色。父は祖母と仲が悪く、この髪を嫌った。

「この髪、水の精霊みたいで綺麗だわ……」

瞳は少し紫がかった水色。とても綺麗だ。肉が邪魔して目が小粒だけど。

一通り確認を終え、ベッドに仰向けに倒れ込む。広いベッドが壊れるほどに軋んだ。

「リリア……今までも別にいい子じゃなかったよね。メリーナってば騙されすぎよ」

ついさっき、応援してくれたのに、なんて思ったのはメリーナの記憶だ。メリーナはいつもこの体型のせいで妹に馬鹿にされてきた。

階段から突き飛ばされて、大怪我をしたこともある。それなのに父と母は、私の体型のせいで妹にぶつかったのだと、妹が怪我をしなくて良かったと言った。妹は階段の下に落ちたメリーナを心配するふりをしたから、メリーナは本当に自分がぶつかったのだと信じた。

王子にはいわれもなく罵倒され、婚約者だというのに近付くことも許されなかった。それでもメリーナは自分が悪いのだと思い、いつも謝ってきた。

「メリーナ……可哀想な子」

私が前世を思い出さなければ、バルロスというクズ中のクズ男に嫁がされて、酷い目に遭っていたのだろう。でも私は、おとなしく妾《めかけ》になるつもりはない。逃げ出す手もある。今の私は、平民としても生きていけるのだから。

「……メリーナのことも、ちゃんと幸せにするよ」

メリーナは、私の転生した姿。婚約破棄のショックで前世を思い出したのだ。

それでも、今はまだ『私』とは別のメリーナの意識を感じる。メリーナが前世の『私』と溶け合うような不思議な感覚だ。私がメリーナで、メリーナが私。

「前世でも、男運なかったよね」

次第に思い出していく。

同棲していた男に、三十歳の誕生日当日に捨てられた。若さがなくなれば何の魅力もない。そんな置き手紙を残して。その手紙を掴んで彼を追いかけている時に、信号無視のトラックに轢かれて死んでしまった。

前世の私は、仕事が楽しくて、自分を磨くことが楽しかった。それでもどんなに疲れていても家事をしたし、休日には一緒に出かけて、記念日のプレゼントも欠かさなかった。尽くし過ぎだと友達には言われた。でもそれが、私の愛し方だと思っていた。

「……本当は、愛されたかったのに」

今思えば、彼は私を連れ回すだけだった。プレゼントも、人目のあるところでだけ買った。私にありがとうと言わせて、周囲にいい彼氏だと思わせたかったのだ。

「転生しても愛されないなんてね……」

前世の両親は出来のいい兄にばかり愛情を注いで、私には見向きもしなかった。前世の私は顔立ちの良い方ではなく、努力の結果、美人と言われるようになった。

転生しても、家族からの愛情も、婚約者からの愛情も得られなかった。メリーナも、最初からこんな外見だったわけではなく、こうなった理由があったのに……

なんにしろ、もう夜中だ。とりあえずの目標は、あいつらを見返すこと。明日からダイエット頑張ろう！


翌日。私は父であるベラーディ公爵に呼び出された。

「メリーナ。明日嫁ぐことが決まったぞ」

「えっ、もうですかっ？」

「婚約破棄されたとあっては外聞が悪い。お前の容姿でも気にせず、引き取ってくださるとの申し出があったのだ。先方の気が変わる前に引き渡してしまいたい」

もう言葉を取り繕ったりもしないのですね。そう言いたい気持ちをグッと堪えた。

父は幼い頃から二つ年下の妹ばかりを可愛がる。それも、メリーナの前で見せつけるように。そのせいで妹は、姉を軽視して痛めつけても良いと思うようになり、幼いメリーナは愛されない寂しさを食べることで埋めた。

今なら分かる。妹は今年成人、十六歳を迎えた。私はそれまで王太子を他の家門に取られないためめの、繋ぎだったのだろう。身体が怒りに震える。でも今は、それどころではなかった。嫁ぐのは明日。金目の物を纏めて、今夜家を出よう。髪も切って、男装でもして……

（いや、無理？）

この身体じゃ窓から出られないし、こっそり抜け出すにも目立ちすぎる。何より、昨日会場から少し走っただけで息切れが酷かった。

（あれ？　絶望的？）

顔色の悪い私に、父は忌々しげに溜め息をついた。

「相手は、ラーナ伯爵だ」

「え……？　バルロス伯爵ではなく、ですか？」

「ラーナ伯爵もあの場にいらしてな。お前が出て行った後、すぐに申し出があったのだ」

ラーナ伯爵といえば、ベラーディ公爵領の隣に位置する広大な領の領主様だ。美の化身、神の最高傑作、とまで囁かれる美しい男性。

爵位は伯爵でも、国王から勅命を受けて行動する任を負った一族のため、様々な特権が与えられている。正直、このベラーディ公爵家より権力がある。そんな人が、どうして私に？

「あの……どなたかとお間違いでは？」

「婚約破棄されたなら、と仰《おっしゃ》ったのだ。お前の名も出していた。間違いない」

「そんな……何故、私を……？」

「私が知るか。家畜なら食い出もあるというのに」

私は家畜以下か。この男も見返してやるリストに追加した。

「嫁いだらうちとは縁を切るよう言われている。離縁されても、お前に行く場所はないと思え」

「そんな……」

父は最初から、私を娘とも思っていなかった。頭を殴られたような衝撃を受ける。これは、メリーナとしての心がそう感じているのだろう。

でも前世の意識が強いほうの『私』は、こんな腐った奴らと縁を切れるなんて嬉しいと、素直に喜んでしまう。心からの笑みがこぼれ、私はこう言った。

「ふふ、清々しますわ。では、失礼いたします」

唖然とする父に背を向け、私は軽い足取りで部屋を出た。

父の言葉通り、私はその日のうちに縁を切られた。婚約期間もなく、翌日には伯爵家の使者が持参した婚姻届にサインをした。夫となる伯爵に一度も会わないままで、夕方には私は公爵家を後にした。

今はこうするしかない。痩せてこの身体が動けるようになったら、何としてでも離婚して平民として暮らすのだ。その前に、しっかりあいつらを見返してから。

こうして私は、ラーナ伯爵夫人となった。


夜の帳《とばり》が下りた頃、ラーナ伯爵のお屋敷に到着した。一階の応接間へ通されると、視界に映る調度品は品格のあるものばかり。公爵家にあったものといえば、金ピカで宝石がこれでもかと付いたゴテゴテしたものがほとんどだったというのに。数日前まではそういうものだと思っていたが、記憶が戻ってからは、由緒正しい貴族なのに、と成金趣味に辟易していた。

（この花瓶とか、シンプルなのに繊細な細工で綺麗……）

下は白磁で、上に行くほど透明感が増す、磨りガラスに似た素材。氷で出来た花瓶みたいだ。そこに青い薔薇と白いカスミソウが飾られ、溜め息が出るほどに美しかった。

（青い薔薇……神秘的ね……）

公爵家でも前世でも、実物を見たことはない。ついジッと見つめていると、ノックの音と共に扉が開く。私は慌ててスカートを摘み、身体が覚えている貴族らしい礼をした。

ツカツカと歩み寄る靴音。怖い、と無意識に身体が強張る。どんな罵声を浴びせられるだろう。手を上げられたり蹴られたりは、嫌だな。用件だけ告げて、すぐにいなくなるなら、いいな。心が勝手に考える。

害となる者、気に入らない者は躊躇《ためら》いなく切り捨てる、冷酷な伯爵。女性嫌いで害虫を見るように見下す冷たい瞳の男性。伝え聞いているのはそんな話ばかりだ。社交界でいつも下を向いていた私は、伯爵の姿を見たことがない。噂だけしか、知らない。

目の前で足音が止まる。ドレスを掴む手が震え、ぎゅっと目を閉じた。

「お待たせして申し訳ありません、メリーナ嬢。クレセット・フォン・ラーナと申します」

優しく声をかけられ、思考が止まる。おずおずと上げた視線。視線が合うと、伯爵は柔らかく微笑み私をソファへと座らせてくれた。女性には特に冷たいと聞いていたのに、噂とは随分と違う。

後ろで一つに結った腰までの髪は、月のように輝く銀色だ。涼しげな目元。澄んだ湖水色の瞳は、長い睫毛に縁取られている。肌も白く、どんなに美人と言われる女性より美しい。まさに神の最高傑作。……眩しい。後光が差しているくらい、輝いている。

「……メリーナと申します。……このようなお見苦しい姿をお見せして、申し訳ありません……」

まるで私じゃないみたいに、酷い劣等感と申し訳なさが生まれる。消えてしまいたい。きっとこれが、メリーナがいつも抱えていた感情。

「見苦しい」

「っ……」

「とは、一体どこが……」

唸るような声に、そっと視線を上げると、伯爵は心底悩んだ顔をしていた。

「私は女心に疎いと、いつも母から叱られていまして。察しの悪い私に、どうか教えていただけませんか？」

伯爵は困ったように眉を下げる。これは、演技ではなく？　つい疑ってしまう。前世でも今世でも男に捨てられた。信じることを心が拒否する。

「わ……私の、体型と容姿、です……」

「ああ、そういうことでしたか」

そう言って、晴れやかな顔をした。

「この国の美醜の基準など、私は関心がありません。私は、貴女の美しい心に惹かれたのですから」

「……？」

心地よく響く低音。まるで夜空に溶ける楽器の音のよう。

声に聞き惚れて、聞いていなかっ……いや、思いもしない言葉に、思考が止まった。

美しい、何？　この外見が、気にならない？

「貴女は、私の領の教会で、子供たちに読み書きを教えてくださっているでしょう？」

「あっ……はい。申し訳ございません……」

貴族令嬢であり、王太子殿下の婚約者なのに、何もしていないことが申し訳なかった。せめて、慈善事業をしない両親に代わって個人で何かしようと考えたとき、公爵領の神父様は誰もが良い顔をしなくて、最終的に隣の伯爵領の教会を訪れた。この容姿でも入っていいかと問うと、神の前では皆平等だと、優しい笑顔で受け入れてくれた。そこで出会った子供たちに、今も月に何度か読み書きを教えている。

教会が許しても、伯爵は許さないのだろう。家としての視察なら慈善事業でも、個人として平民と接するのは品がないと咎められるのかもしれない。

「勘違いさせてしまったか……。咎めているのではなく、感謝しているのです」

「感謝、ですか……？」

「貴女は子供たちに好かれているうえ、教え方も上手だと聞きました。おかげで子供たちは教養を身につけ、この先、より良い職に就けます。それは、ひいては領の繁栄に繋がるのです」

伯爵は未来を見ているようにそっと目を細めた。

「メリーナ嬢。我が領を選んでくれて、ありがとう」

ありがとう、なんて……教会以外でそう言われたのはいつぶりだろう。もう覚えていないくらい昔のことだ。目の奥が痛み、伯爵の姿がじわりと涙に滲む。

「メリーナ嬢？」

「申し訳ありませんっ……」

「謝らないでください。私が傷つける事を言ってしまったのでは……」

「いえっ、私、嬉しくて……。こんなに優しいお言葉を、いただけて……」

ぼろぼろと涙がこぼれる。私が泣いても醜いだけだ。メリーナの心が申し訳なさに怯える。そんな私の背を、隣に座った伯爵が優しく撫でてくれた。何も言わず、そっとハンカチを差し出して。

「うっ……申し訳ありませ……」

ハンカチを借り、涙を拭う。止めようとしても次から次に溢れてきて、止まらなかった。

とても長い間泣いてしまったのに、私が泣き止むまで、ただ傍にいてくれた。背を撫でる暖かな手のひら。大きくて、優しい手。

(何の躊躇《ためら》いもなく触れてくださるのね……)

形式上の婚約者すら、手も繋いでくれなかったのに。

「メリーナ嬢。……いや、メリーナと呼んでも良いだろうか」

もう私は、この人の妻だ。断る理由もなく頷くと、伯爵は私の髪を撫でる。

「貴女に最初に謝罪したかったのですが……。結婚式が後回しになってしまい、申し訳ありません。つい焦ってしまい……」

焦り？　ハンカチから目元だけ覗かせると、彼は困ったように微笑んでいた。

「領内の事情で私は夜会の後すぐに戻り、ここを離れられませんでした。ですが貴女とバルロス伯爵が婚姻を結ぶ前に、何としてでも貴女を私の妻として迎えたかったのです」

「私、を……？」

「王太子殿下の婚約者だと知った時は、さすがに諦めざるを得ませんでした。だが相手があのバルロスならば、……横取りしても、構わないだろう？」

伯爵はクスリと笑った。

(随分といい性格をされているようで……？)

完全に悪い男の顔だったし敬語も消えていた。でもこのお顔でされると、凄絶《せいぜつ》な美しさが漂い見惚れてしまう。

そこでふと、あることに気が付いた。私が伯爵の顔をしっかりと見たのはこれが初めてだ。つまり、伯爵も私の顔を知るのはこれが初めてのはず。

「私は社交界にもほとんど出ておりませんのに、教会にいたのが何故私だとお気付きに……？」

名前で、という手もなくはないが、教会には公爵家ではなく平民、商家の子女のふりをして訪れていた。この体型で貴族と名乗ることに申し訳なさを感じていたから、咄嗟にそう名乗ってしまった。神父様もどこの家の娘かまでは知らないはず。婚約式もなく、殿下が来るなと言うのでパーティーに出た事もほとんどないから、幸か不幸かこの体型と私の名前が結びつく人も限られている。

「それは……申し訳ありません。教会にいる貴女を垣間見て、部下に調べさせました。貴女がベラーディ公爵令嬢だと知り、同時に王太子殿下の婚約者だと知った時は、絶望しました」

「っ……」

「貴女の美しい心に惹かれたと言いましたが、子供たちと接する貴女の優しい笑顔にも心を奪われたのです。あれから、どうすれば貴女を妻にお迎えできるかと、ずっと考えていました」

伯爵は私の手を取り、両手で優しく包み込んだ。

「……貴女は今も、王太子殿下を愛していますか？」

まっすぐに見つめられ、無意識に頬が熱くなる。

「いえ、さすがにもう目が覚めました。今は、ただ、…………憎い、です」

こんなことを言って、幻滅されるかもしれない。ぎゅっと唇を引き結び、視線を落とす。

「良かった」

でも伯爵は幻滅するどころか、安堵したように笑った。

「そうだよ、許してはいけない。あんな男にはもう一縷の望みも抱いてはいけないよ。分かったかい、メリーナ？」

「……はい」

「君があんな男と結婚しなくて良かった」

上機嫌にそう言う。口調すら完全に変わり、目映《まばゆ》い笑みをたたえて、私の手の甲にキスをした。

「っ、閣下っ？」

「私の事はクレセットと」

「ですが……」

「私は君の夫だ。さあ、呼んでくれ」

(何だか、本当に、噂と随分違う……)

しっかりと手を繋がれて、絶対手汗がすごいのに、気にもせずに私を見つめ続ける。

夫……

私の、旦那様……

「………クレセット、様」

蚊の鳴くような声で呟くと、伯爵……クレセット様は、キラキラと輝く笑顔を浮かべた。

「メリーナ、君を必ず幸せにすると誓うよ。私と結婚してくれてありがとう」

「っ……私こそ、救ってくださって……私を受け入れてくださって、ありがとうございます……」

また涙が溢れる。今度は背を撫でるだけでなく、抱きしめられた。きっと私がクレセット様を夫と認めたから。クレセット様は私の嫌がることはしない。向けられる気持ちに嘘のない、本当に優しい素敵な人だ。

そもそも公爵家と縁を切り何の利用価値もなくなった私に、演技で優しくする理由はない。もし王太子殿下からの指示で今後私と離縁し、路頭に迷わせるつもりでも、こんな優しさを与えてくれたこの人を恨むなんて出来ない。

また震えてしまった私の背を撫で、クレセット様は突然小さな声を上げた。

「……申し訳ありません。浮かれて、馴れ馴れしい口調になってしまいました」

浮かれて？　驚きのあまり涙も止まってしまった。

「怖がらせてしまいましたか？」

怖がると思って、敬語で話してくれていたの？　目をパチパチさせると、クレセット様は不安そうにこちらを見ていた。

「ご配慮いただき、ありがとうございます。どうかそのままお話しください」

「良かった……。ありがとう、メリーナ。では君も、堅苦しいのは無しで頼むよ。私たちは夫婦なのだからね」

ふっと微笑み、私の髪を手に取り、口付けた。

「！」

「真っ赤になって、可愛いな……」

低く呟かれる本気の声。クレセット様は、どうしてここまで私を？　混乱する私からクレセット様はそっと離れ、私の手を取る。

「指輪は、もう少しだけ待って欲しい。なにぶん突然のチャンスで……いや、すまない。既製品ではなく、君のためだけに、世界に一つだけの指輪を作りたいんだ」

「クレセット様……」

こんな言葉を貰える日がくるなんて。また泣いてしまいそうで、代わりに笑ってみせた。

「結婚式も、改めて挙げさせて欲しい。君との大切な式だ。君の意見も取り入れながら、しっかりと準備をしたい」

「っ……ありがとうございます……。あの、出来れば……痩せてから、ドレスを着たいです」

するとクレセット様は少し困ったような声を出す。

「君は、今のままで充分魅力的だよ」

「ですが、ふくよかな女性がお好きというわけでもないのでしょう？」

「気にしたことはないが……確かに、歳を重ねた時の事を考えると健康面が心配だな」

そう言って難しい顔をした。クレセット様は、本当に容姿を気にしていない。こんな人は初めてだった。でも……だからこそ。

「私、ずっとクレセット様のおそばにいられるように、ダイエット頑張ります」

そして、クレセット様の評判を落とさないように。堂々と隣に立てるように。

ただ妹たちを見返したいだけだった私に、新たな目標が出来た瞬間だった。

翌朝。

夢じゃないかと頬をつねり、お仕事に向かうクレセット様を見送った私は、料理長の元を訪ねた。

明るい茶色の瞳と、同色の短い髪。熊のように逞《たくま》しい体躯に白のコック服を纏っている。彼は私を見ると、人懐っこい犬のように笑った。

「奥様、何か作りましょうか?」

料理長は、昨夜たくさん食べた私を気に入ってくれていた。せっかく用意されたものだし、それにあまりに美味しくて、最後の晩餐だと思って残さず食べた。でもこれからはそれでは駄目だ。

「今日はご相談があって……」

「ダイエットメニューを作れってんなら、お断りですぜ」

彼は眉間に皺を寄せた。この世界でダイエットメニューと言えば、サラダとスープだけ。それでは腕の振るい甲斐がないだろう。でも、前世の私の世界では違った。

「ダイエットメニューですけど、ちょっと違った物をお願いしたいのです」

怪訝な顔をする料理長に、昨夜紙にメモした内容を見せた。

鶏の胸肉には筋肉を作るのに効果的な栄養素が含まれ、蒸せば油分も少なくヘルシー。牛肉なら赤身の肉を。豚肉は肌に良く疲労回復にも効果があるため、積極的にとりたい。ただ、脂身はたくさんとっては駄目。魚介類やキノコ類も大切。野菜は煮野菜をメインに、炒めるならオリーブオイルで。

脂肪を落としつつ、筋肉を付けるのが目的。筋肉が付けば熱を発して脂肪が燃える。パンなどの炭水化物は抜かずに少なめで。でも週に一度は代謝を上げるために、炭水化物と糖質を少し多めにとる。基本は、食物繊維とたんぱく質メインの食事。

「こういったメニューにしていただきたいのです」

紙を見つめた料理長は、感嘆の溜め息をついた。

「これは腕が鳴るな……。いや、鳴りますね」

「ふふ、気楽に話してくださって構いませんよ？」

「そうですかい？　じゃあ遠慮なく、っと、うちのカミサンには黙っててくださいよ？　ミンチにされたくないんでね」

彼の奥さんはこのお屋敷のメイド長で、厳しくて有名な人だとクレセット様から聞いた。昨日は私にも「明日からはご案内と運動を兼ねて、毎日庭園の散策をいたしましょう」と言った。でもその視線には侮蔑も嫌悪もなく、ただ身体を気遣ってのことだと伝わってきた。

（心根の優しい、お似合いの夫婦だなあ）

二人は、私を見た目で判断しない。メイドたちはさすがに、あれが旦那様の奥様？　嘘でしょ？という視線を向けてきたけれど。憧れの旦那様に嫁いだ女がこれでは、受け入れられない気持ちは理解できる。

「でも奥様、こんな専門的なことをどこで学ばれたんです？」

「その……独学で。こちらのお屋敷では知識を生かせると思いましたの。それにこのままでは、旦那様のお隣に立てませんから」

「あー、奥様もとんでもないお方に嫁がれてしまいましたね」

料理長は社交辞令を言うでもなく、私を憐れむでもなく、明るく笑う。

「あの旦那様のお隣なんて、美の女神様でも気後れしますって」

「ふふ、そうね。むしろ旦那様が美の神様のようだわ」

「それっすよ」

何でも笑い飛ばしてくれる彼といると、気持ちが明るくなる。このお屋敷でもきっと上手くやっていける。ダイエットもきっと上手くいく。そんな前向きな気持ちのまま、しばらく料理について熱く語り合った。


「まったく、あんなのが旦那様の奥様だなんて」

厨房から自室へ戻る途中、メイドたちが噂話をしている現場に遭遇してしまった。

「旦那様が婚約も飛ばしてお迎えした方だから、どんな美人が嫁いでくるかと思ったら、あの肉の塊よ？　ありえないわよ」

「横幅、旦那様の何倍あるのかしらね？」

「細く見える鏡を見て育ったんじゃない？」

そう言って笑い合う。分かっていたけど、容赦ないな……

「ダイエットとか話してたけど、パンも肉も食べてたのよ？　やる気あんの？　って感じ」

野菜だけだと肌も血管もボロボロになるし、胸から減るわよ〜。

「家畜でも食欲をコントロール出来るわよね。旦那様に見限られるのも時間の問題でしょ」

「そうそう。あんな肉の塊見せられても、女として見れないって」

それが私、胸だけは形もいいのよね……。大きいのに垂れてなくて、自分の胸なのに思わずたぷたぷ触ってしまうほど。

「公爵家で甘やかされて育ったのね」

……愛されて育った子は、こんなに太る前に止めて貰えるものよ。

乳母だけは止めてくれた。でも私はそれを聞かず、愛されない寂しさを甘いもので埋めた。乳母だけは私を愛してくれたのに、甘いものを奪おうとする乳母を田舎へ帰してしまった。

(今の姿で何を言っても、彼女たちには鼻で笑われるだけね)

貴族の令嬢なんて特に容姿で判断される。たとえ自分の意思で体型を選んでいたとしても。

「あの……でも旦那様、奥様とお話しされるとき、嬉しそうにしていらっしゃるので……今まで縁談を断っていらしたのは、もしかして……ぽっちゃりな女性がお好みなのではと……」

旦那様にぽっちゃり好き疑惑が⁉

ダイエット、ますます頑張らなければ！

(……なんて、張り切ってはみたけどね)

昼食前にメイド長と近場の庭園を散歩して、昼食後に消化を待ってから、改めて庭に出た。広大な庭を歩きながら、早速泣き言を言いそうになる。歩くだけで息切れがする。身体が重い。全身から吹き出した汗で気持ちが悪い。

「これは……相当手強いわ……」

まだこうして肉を引きずるように歩くしか出来ない。走るのは重さで足首を傷めるから、まずはウォーキングから。庭を軽く一周……なんて、軽くない。全然軽くない。

「でも、負けない……。私はここで立ち止まってるわけには……いかないのよ！」

グッと水筒の水を呷り、背筋を伸ばしてまた歩き始めた。

幸せだから今までの憎しみは忘れよう……なんて、私にはできない。私の復讐は、命を奪ったり殴ったりするわけじゃない。ただ、私を晒《さら》し者にした妹と殿下を見返すために。両親に、あの家に、私を捨てたことを後悔させるために。そして……クレセット様のお隣に、堂々と立つために。

「私は！　痩せる！　やるの！　やり遂げる！　の！　よ！」

自己暗示を掛け声にしながら、ズンズンと歩いて行く。ドスドスと音がして、庭を歩く度に土埃が舞う。そのダイナミックな様子を、屋敷のメイドたちがこっそりと眺めていた。


歩いて休んで半身浴をして。あっと言う間に陽は沈んでいた。

「クレセット様。おかえりなさいませ」

「ただいま、メリーナ」

出迎えた私を、クレセット様は人目もはばからずに抱きしめた。

「あのっ、旦那様っ……みなさんの前ですのでっ」

「ああ、すまない」

クスリと美しく微笑み、私の手を取り部屋までエスコートしてくれる。あまり速く歩けない私に合わせてゆっくりと。使用人たちの半数は不快な顔をしていたけれど、何人かは何故かキラキラした瞳で私たちを見ていた。

私に与えられた部屋は、クレセット様と同じ二階の、階段を上がってすぐの場所。寝室とリビングが分かれていて、それぞれにクローゼットとバスルームがある。どこも公爵家のものより広く、洗練されていた。

リビングの広々としたソファに並んで座る私たちの前に、使用人が次々に箱を運んでくる。

「君にプレゼントだよ」

プレゼント？　私に？

本当に？　と思っている間に、綺麗にラッピングされた箱が、目の前の床を埋め尽くした。

「気に入って貰えるといいのだが」

私の反応に柔らかな微笑みを向け、クレセット様自ら箱を開け始めた。

大きな箱の中身は、服だった。来客用が三着、普段用が七着、運動着や寝間着まで。靴や帽子や手袋など小物類もある。どれも十八歳という年齢に相応しいものだった。

「メイド長が、君は持参した荷物が少なく、服もほとんどないと言っていたんだ」

服……は、とても持って来られなかった。リボンたっぷりのピンクのドレスや、結婚式のようなふわふわの白いドレス、ピチピチの真っ赤なセクシードレス……家族からドレスを買うお金だけは貰えていたのは、面白がっていたからだろう。

結局持参したのは、まともな普段着と寝間着を二着ずつと、お気に入りの本とボロボロの手鏡、髪留めが一つ。それから、教会の子供たちから貰った手紙などの思い出の品だ。

「私は女心には疎いが、センスはあると言われた。君に似合うと思ったものを選んだつもりだよ」

そう言って別の箱を開けると、手鏡やアクセサリーが出てきた。

「パーティー用のドレスはまだ必要ないと思ってね。しばらくは私だけのメリーナでいて欲しい」

ドレスも小物もひとつずつ私に見せる。

「来客用は……父と母が、君に会いに来てしまうかもしれないから用意した。新婚のうちは来ないように念を押してはいるのだが……」

そういえば、ご両親の問題もあった。今のままでは反対されるに決まっている。お会いするまでに痩せる、とまたダイエットの理由が追加された。

全ての箱を開けても、私はまだ……いえ、ますます唖然としてしまった。これが全て、私へのプレゼント……

「君の好みには合わなかったかな」

「あ……い、いえ……あの……」

私に似合うものを、クレセット様自ら選んでくださった。嬉しい。嬉しいのに、上手く言葉にできない。ゆっくりで良いのだと、隣に戻ってきたクレセット様に背を撫でられた。

「クレセット様が、私のために……っ、選んで、くださってっ……」

じわりと視界が滲む。私のことを想い、選んでくれたもの。私のために、貴重な時間を使って。

「っ……クレセット様、ありがとうございます。とても、嬉しいです」

言葉で伝えきれない感謝の気持ちを込めて、精一杯笑ってみせた。

「君のその笑顔が見たかったんだ」

クレセット様は澄んだ瞳を細め、頬を緩めた。その笑顔を見ていると、ぽろ、と涙がこぼれる。あまりに美しくて。あまりに、嬉しくて。

「泣くほど嬉しい、と自惚れてもいいのかな」

「はいっ……」

コクコクと頷くと、クレセット様はまた綺麗な笑みを浮かべて私を抱きしめる。泣いてばかりで迷惑をかけているのに、暖かな体温が泣いて良いのだと伝えてくれていた。

「私には……お返しできるものが、何も……」

お金もなく、もう公爵家の者でもない。女性としての魅力もない。独りの時間が長くて勉強だけはしていたけれど、伯爵夫人として屋敷の管理ができるかどうか……

「先程の言葉と笑顔で充分なのだが」

クレセット様はそこで言葉を切り、思案する。

「そうだな……。君に家族との縁を切らせたお詫び、とでも思ってくれ」

私がプレゼントを断ると思ったのか、長いこと思案してからそう言った。言葉にしてから、失言だったと表情を変える。縁を切ったお詫びの品を、喜んで着られるわけがない。そんな顔で。

「私にお渡しできるものがあって良かったです。では、ありがたく頂戴いたします」

私はクスリと笑って、揺れる湖水色の瞳を見上げた。最初こそ直視できなかったけれど、クレセット様の素直な表情を見たくて顔を上げてしまう。今は美の神様かと見紛うほどの美しい微笑みをたたえていた。

「あの……どうして、縁を切ることが結婚の条件だったのですか？」

「君の家族の態度が、気に入らなかった」

気に入らないものは容赦なく切り捨てる。噂は本当だった。思わず目をパチパチさせると、クレセット様はそっと視線を伏せた。

「すまない。君に対する家族の態度が、我慢ならなかったのだ。君にとっては、良い家族だったのだろうか……」

「いえ、違います。二度と帰りたくない場所です」

誤解を生まないようキッパリと言い切ると、また美しい笑みが返ってくる。

「それなら、これからもずっと私の元にいてくれるね？」

「はい」

お許しいただける限り、ずっと……ずっとおそばにいたいと、心から願ってしまう。

クレセット様が私の髪を撫でながらベルを鳴らすと、メイド長と数名のメイドが現れて、ドレスや小物をクローゼットにしまってくれた。出て行く際、メイドの一人がニコッと笑う。悪意は感じない。意図が分からず閉まった扉を見つめ続けていると、突然クレセット様に抱きしめられた。

「メリーナ、愛しているよ」

「っ、クレセット様っ……」

「屋敷に帰れば、君が暖かく迎えてくれる。何という幸福だろう」

湖水色の瞳を細め、ポヨポヨと私の顎を指先で撫でる。

「私も、クレセット様をお出迎えできて……あなたの傍にいられて、幸せです」

おそるおそるクレセット様の背に腕を回すと、綺麗なお顔が美しく微笑んだ。

クレセット様は私の腰に腕を回し、まるで子猫を撫でるように背に触れる。撫でられるたびに、ぽよ、と弾む背肉。

「あの……私が痩せたら、困りますか……？」

「君がそうなりたいのなら、止めないよ。私は、君という存在全てを愛しているからね」

そう。クレセット様は、この体型だから愛してくださっているわけではない。

「ただ、この世に君という存在が減ってしまうのは……寂しいな」

妻の私へと、ただただ惜しみない愛情を注いでくれるのだ。

「すまない、メリーナ……。今の君は、男性に好まれない外見だと言ったね。そのことに、安堵していたんだ」

安堵？　私は首を傾げる。

「外見が変わり、愚かな男共が君の魅力に気付いてしまったら……つまらない私などより、別の男を愛するのではないかと」

私の肩口に頭を乗せる。甘えるような仕草に、クスリと笑みがこぼれた。

「クレセット様がつまらない人だなど、初めて聞きましたわ」

冷酷、女嫌いとは聞いていても、つまらないとは聞いたことがない。

「他の男性に好まれたところで、クレセット様より素敵な方はいらっしゃいませんし、私がクレセット様以外を愛することなど一生ありません。それこそ、どのようなお姿になられてもです」

「それは……私が、カエルに変わろうとも？」

「ふふ。カエルになられても、です」

例えが可愛くて、クレセット様の新たな魅力を知った。

「爵位がなくなり、平民として……農業を始めたとしても、ついてきてくれるだろうか」

「もちろんです」

「商人となり、各国を旅する身となっても」

「ついて行きます。……ですが、それにはやはり痩せなくてはいけませんね」

何をするにも、動けなくては足手まといになってしまう。

「私が今の地位ならば、君に不自由はさせないな。爵位は大切にしよう」

そう言って私の髪を撫でた。

「……それでもやはり、私は痩せようと思います。家族と殿下を見返したいですし……それに何より、クレセット様より先に死なないために、痩せたいのです」

「メリーナ……」

百キロ超えの身体は、健康面で言えばほぼ確実にクレセット様より先に召されてしまう。それだけは避けたかった。

「君は努力家だから、すぐに叶えてしまうのだろうね」

湖水色の瞳が、どこか寂しそうに揺れる。

「服はサイズが合わなくなるだろうと思い、少しにしたんだ。緩くなってきた頃にまた贈るよ」

「いえっ、しばらくはサイズをお直しして着られるのでっ」

「君は伯爵夫人だ。そんなことしなくても」

「いいえっ、領民の血税を湯水のように使ってはなりませんっ」

つい力説してしまう。経済を回すために必要なことでも、浪費と捉えられるほどはいけない。

「素晴らしいな……。君はそこまで民のことを考えているのか……」

クレセット様は瞳を輝かせ、私の手をぎゅっと握った。

「偉そうに申し訳ありません……。それに私は、クレセット様から初めていただいたお洋服を、できる限り長く着たいのです」

どちらも本音。だからこそ強く反論してしまった。

「そうか……君は聡明であり愛らしい、素晴らしい女性だ。君を妻に迎えられたことを、改めて嬉しく思うよ」

とろけるような瞳で見つめられ、甘い声で囁かれて、私の顔はタコのように真っ赤に茹だってしまった。

◆

メリーナが伯爵家に嫁いだ日の晩。公爵邸で父親から姉の嫁ぎ先を聞いたリリアは、金切り声を上げた。

「ラーナ伯爵ですって⁉　どういうこと⁉　バルロスとの結婚は王太子の命令なのよ⁉」

扇子を床に打ち付け、騒ぎ立てる。今日も夜会に出て、姉の嫁ぎ先が決まって良かったと言いふらしてきたばかりだ。バルロス伯爵に女性として愛されるなら幸せでしょう、と皆で笑い合って。

「ラーナ伯爵の方は、国王陛下のご命令らしい」

その言葉に、リリアはピタリと動きを止める。

「なぁんだ。陛下のご命令で、仕方なく引き取ったのね」

「そうでなければ、あんな肉塊を引き取る気にならんだろ？」

「やだぁ、そうよねぇ」

すっかり怒りを収め、愉しげな笑みを浮かべた。

「何に使うつもりか知らんが、どうせ用済みになれば追い出されるだろう」

「そうよね〜。ラーナ伯爵は冷たくて怖いお方だって有名だもの」

「何を考えているか分かったものではない。お前を嫁にと願われなくて良かった」

「顔はいいのに残念よねぇ」

男はやっぱり、殿下みたいに言いなりになる人じゃなくちゃ。リリアは艶のある桃色の唇に弧を描かせた。

「あっ、いいこと思いついたぁ」

リリアは父親の腕に抱きつき、甘えた顔で見上げる。

「ねぇ、お父さま。追い出されたら、うちの下女として雇ってあげましょ？」

「それはいいな。もう公爵家の者ではないからな」

「早く追い出されないかしら～」

「なに、すぐに用済みになるさ」

愉しげに笑い合う二人を、ソファに座る母親は笑みを深めて見つめていた。


翌日、王城内に与えられた執務室で、クレセットは一人の男と対面していた。

火のように赤い髪に、日に焼けた健康的な肌。前髪から覗く瞳は鋭く光る金色だ。青の軍服を纏った彼は、国の騎士団に所属している。しなやかな筋肉の付いた細身の身体と、格好良いより可愛い顔立ち。クレセットと同じ二十二歳だが、身長差もあり、二つ三つ年下に見えた。

シュタイン侯爵家の次男で、幼い頃から家同士の交流もあり、クレセットにとっては唯一の気の置けない間柄だ。

「どうだ？　新婚生活は～」

そんな彼、セドは、ニヤニヤしながら第一声をかけた。

「あれ？　思ったのと違った？」

てっきり惚気の一つでも返ってくるかと思えば、クレセットは眉間に皺を寄せて、頭を抱えた。

「……妻が、可愛くて困る」

重々しく呟かれた声。なんて？　とセドも重々しく返した。

「ぬいぐるみのようにふわふわの身体と、丸く愛くるしいつぶらな瞳。じっと見つめられると、たまらずに場所も忘れて抱きしめてしまう」

「お、おう、お前を直視できるってすげーな……」

「突然頬を染めて目を伏せるところも可愛い」

「やっぱちゃんと照れるんだ」

「可愛くて、何でもしてあげたくなる。何でも買ってあげたくなる」

孫が可愛いじいさんか？　と思ったが、新婚に言う言葉ではないため我慢した。

「服を十数着と小物をプレゼントしたのだが、泣いて喜んでくれた」

「そっかぁ」

「嬉しいと泣くんだ。私の言動で泣いてしまう。……たまらない」

最後は低く重く、ボソリと呟かれた。

「……お前、そんな趣向だったたっけ？」

「妻が純粋無垢で可愛いという話をしている」

「う、う～ん」

本気だった。これはもう、クレセットにまともな恋愛経験がないのだから仕方ない。

「手が、焼き立ての白パンのようでまた愛くるしい」

「それ本人に言うなよ〜」

「何故だ？」

「女の子が丸々した白パンみたいって言われて嬉しいわけないだろ？」

「……そういうものか」

クレセットはひとつ賢くなった。

「今ダイエットをしているのだが、一生懸命で可愛いんだ。土埃が舞うほど真剣に歩いて……」

あの体型なら舞うだろうな、とは言わない。セドは女心がクレセットよりは分かっている。

「それが全て、私のためなんだ」

晴れやかな顔。ん？　とセドは首を傾げた。

「妹と元婚約者を見返すためじゃなくて？」

「それは最終目的だが、気持ちは全て私に向いている」

キッと睨む。

「私より先に召されないためにダイエットをすると言ってくれた。妻は、天寿を全うするまで傍にいると当然のように考えてくれている。この歓びをどう表せば良いだろう」

初めて見るテンションの上がったクレセットに、セドは何とも言えない顔をする。親友が幸せなのはとても喜ばしい。だが、普段とあまりにかけ離れていて、頭の処理が追いつかない。

「あー……そのぬいぐるみみたいな令嬢が痩せたら、興味なくすとかじゃないよな？」

「何を言っている？」

「馬鹿か？　って顔やめて～」

「私はメリーナがメリーナであることを愛している。外見がどう変わろうと、包み紙の柄が変わるようなものだろう？　中の品が変わるわけじゃない」

「うーん、微妙にデリカシーないんだよな」

女心に関してはセドの圧勝だが、それを喜べないほどクレセットが心配になる。もしもメリーナがクレセットに愛想を尽かした場合、いくら行き場のない令嬢でも、家庭内別居という手段もある。痩せれば他の男に見初められる可能性も。

「……ようやく手に入れたんだ。決して手離すものか」

心を読んだかのような呟きに、セドは背筋が凍った。

「こっわ～……」

ボソリとこぼすと、クレセットは輝く笑みを浮かべる。そんな顔すらほとんど見たことがない。

「ま、幸せならいっか。そういや、事後承諾で陛下から結婚の許可得たんだって？」

「ああ。王太子がバルロスを選んだなら、それ以上の権力で私の元に来たことにしたかった」

「陛下もお前のお願いは断れないからなぁ」

つまり、何かしらの条件での脅しだ。

「今頃ベラーディの奴等は、陛下の命令で私が仕方なく結婚したと思っているだろうな」

「ラーナ伯爵、悪い顔出てますよ～」

揶揄するとますます悪い顔になる。セドでなければ腰を抜かしそうな顔だ。

「しっかし、メリーナ嬢なぁ……」

「夫人だ」

「はいはい、ラーナ伯爵夫人な」

言い直すと、にこにこと満面の笑みが返ってくる。こわ、とセドはまた笑った。

セドはクレセットから聞いてメリーナの事情や人となりを知っているが、滅多に姿を現さない彼女を知る者がどれ程いるだろう。この国では外見が重要となる。時に、身分すら蔑ろにする者もいるほどに。

「屋敷の女たちに虐められてないか、注意してた方がいいんじゃないか？」

クレセットの屋敷には、さすがにそんな愚かな使用人はいないと思いたいが。

◆

「申し訳ありません～、手が滑って～」

背中を衝撃が襲った。じわじわと広がる冷感と、服の張り付く感触。振り向くとメイドが五人、こちらを見ていた。

「奥様がこんなとこにいるとは思わなくて～」

「わざとじゃないんですよ～？」

顔だけは申し訳なさそうだが、馬鹿にした声だ。

手が滑ったなら仕方ない。私がこんなところにいたから悪かった。頭が勝手に考える。口にも出していた。……私が、昔のメリーナならね。

「あなたたち、何をしたか分かっているの？」

今の私は、新人の教育担当もしてきた社会人だ。言うべきことは言える。

「私が気に入らないのは理解しているわ。でもこれは、許されないことよ」

はっきりとした口調で告げる。彼女たちは一瞬怯んだ。噂を聞き、何をしても黙っている女だと思われていたのだろう。

「手が滑っただけなのに、酷くないですか〜？」

「故意かそうでないかは関係ないの」

見たところ、その意味に気付き始めたのは二人だけ。もう一人は怪訝な顔をし、後の二人は敵意を向けてきた。

「勤めているお屋敷の、伯爵夫人という立場に、水をかけたの。その意味を理解できるかしら？」

「はあ？」

「っ……申し訳ございませんっ！」

一人が顔を青くしてその場にひれ伏した。

「はっ？　何してんのよ？」

「申し訳ございませんでしたっ！」

もう一人も震えながら座り込んだ。

「伯爵家に仕える自覚があるのは、二人だけね」

もう一人くらい、と思ったものの、逆に敵意を向けられてしまった。

「カリン」

水をかけたメイドの名を呼ぶ。彼女はビクリと震え、目を見開いた。

「残念だわ。子爵令嬢なら、この場の誰より理解しているべきなのに」

「なっ……なんで、私のこと……」

「屋敷で働く者のことくらい、全て覚えているわ」

一度来店した人も忘れない。それが美容部員としての私の武器だった。

「今は、私が屋敷の女主人なの。不満でしょうし、納得もできないでしょう」

それは私が一度よく分かっている。うつむきそうになる顔を、グッと上げた。

「それでも、秩序は守らなければならないの。そしてそれは、あなたたちを守るためでもあるわ。だから今後はこんなことをしては駄目だと、理解してほしいの」

ひれ伏していた二人は、震えながら頷く。でも、残りの三人は。

「……今の私が何を言っても、響かないでしょうね」

体型が全てとばかりに私を睨み付けている。この国でそう考えること自体は間違いではない。ただ、身分というものは絶対的なものだ。陰口ならまだしも、身分が上の者に何らかの危害を加えるなど、相手によっては手首を切り落とされても文句は言えない。

（ベラーディ公爵家なら、やりかねないわね）

ふっと嘲笑がこぼれた。

「あなたたちは、旦那様がお戻りになる前に片付けておきなさい。また後でお話ししましょう」

理解を示した二人を連れて、私はメイド長の元へと向かった。二人は、震えながらついてくる。

「申し訳ございません、奥様っ……」

「外見を重視するのは、この国では当然の感情よ。ただ、相手が誰であろうと、人を傷付けるのは悪いことよ。今のあなたたちなら分かってくれるかしら」

「はいっ、もう二度とこのようなことはいたしませんっ」

「大変申し訳ございませんでしたっ……」

そもそも、この二人はカリンの後ろでただ見ていただけだ。

「一応メイド長には報告させて貰うわ。でも追い出したりはしないから、安心してちょうだい」

反省ができるなら、成長ができるということ。育つ可能性がある者を放り出したりはしない。

メイド長には一部始終を説明した。告げ口のようで気分は良くないけれど、権威あるラーナ伯爵家に仕える自覚があの三人にないのは困る。気に入らないからとお客様に何かしでかしては、取り返しのつかないことになるからだ。

メイド長は顔を青くして私に謝罪した。自身の監督不行届だと思っているのだろう。立場は理解しているけれど、メイド長を罰するつもりはない。

「あの子たちの処罰は、あなたと旦那様にお任せするわ。ただ、許されるならいくつか条件を出したいの」

詳細を告げるとメイド長は深くお辞儀をして、二人のメイドにはひとまず謹慎を伝える。そして屋敷の衛兵を連れて、メイド三人の元へと向かった。一人になり、そっと息を吐く。

「……クレセット様からいただいた服じゃなくて良かったわ」

服はもうほとんど乾いている。公爵家から持参したペラペラの服だ。つらい思い出と共に捨ててしまおうと、最後にウォーキング用に着ていた。髪も、放っておいても乾きそうだ。今日は、天気がいいから。

「運動、しなくちゃね……」

私は庭に向かって歩き出す。バケツの水をかけられ、リリアのことを思い出してしまった。公爵家でも何度もかけられていた。庭に出たら、頭上の窓からバケツも一緒に降ってきたこともある。

(……ここは、あの家とは違う)

主人であるクレセット様が、私を虐げていない。主人がしないなら、使用人もしてはいけない。

きっと、もう大丈夫。

大丈夫、なのに……

庭に出るだけなのに、脚がすくむ。

かつての記憶が、今目の前で起きている現実であるかのように私の心臓をうるさくする。

冷や汗が流れ、目の前が暗くなって……

「奥様！」

「お顔が真っ青です！　こちらへ！」

倒れる寸前、先程のメイドとも違う二人が、私を支えて一階の仮眠室へと連れて行ってくれた。

「……驚かせてごめんなさい。もう、大丈夫よ」

「ですが、念のためお医者様を……」

「ありがとう。でも、少し驚くことがあっただけなの。本当にもう平気よ」

私は精一杯笑ってみせた。二人はまだ少し濡れた私の髪を見て、ある程度の事情を察したようだった。もしかしたらメイド長と衛兵の姿を見たのかもしれない。

(優しくしてくれる人がいれば、心は落ち着くのね……)

ここは大丈夫。この子たちは大丈夫。そう思うだけで心が凪いだ。

「あなたたちは、確か……姉妹だったわね」

「私たちをご存知なのですかっ？」

「ええ。メイド長から名簿を見せて貰ったの」

ここに来てからの短時間で、侍女でもない一般のメイドまで覚えているなんて。二人は分かりやすくそんな顔をした。そして顔を見合わせ、頷き合う。

「あのっ、大変失礼ながら、その……」

「その……奥様は、お痩せになる方法をたくさんご存知ですのに、何故……」

「……実家では、私が運動をするどころか、外に出るのさえ良く思わない人たちがいたのよ」

彼女たちが真剣に聞いてくれるなら、私も本当のことを話す。相手が誰かという部分だけは伏せた。

「でもこのお屋敷では、知識を存分に生かせるわ」

嬉しくなって満面の笑みを浮かべる。そんな私に、彼女たちはまたソワソワしはじめた。

「あのっ、私たち、奥様がお庭で運動されているのを、ずっと拝見していましてっ……お食事も奥様が監修されたとうかがいましたっ」

「た……大変おこがましいのですがっ……」

「私たちにも、ダイエット法を教えていただけないでしょうかっ……！」

「ええ、いいわよ。私の知識が役に立つなら嬉しいわ」

「あ……っ、ありがとうございますー!!」

二人は飛び上がってハイタッチをした。よく見れば二人とも少しだけぽっちゃりしている。服で隠せる程度だけど、着る服によってはウエストや二の腕が気になりそうだ。

「ではさっそく質問よ。何を食べた翌日に体重が増えたと感じるかしら？」

「私は、ケーキです！」

「私は、パスタを食べすぎた時です！」

元気良く答えた。その他にも、ミルク、クッキー、パン、肉類など、ヒアリングを重ねていく。

「そうね……。あなたはミルクで脂肪が付くタイプ。あなたは小麦よ。パンやパスタには、ひよこ豆やアーモンドの粉を混ぜたものがあるわ。休日だけでもそれに換えれば、大分変わるはずよ」

分析すると、彼女たちはすぐさまメモを取る。

「あなたはミルクだけど、ヨーグルトやチーズはそこまでないみたいね。ミルクや生クリームの摂取頻度を減らしてみて」

二人は真剣な顔でうんうんと頷いた。

「食べる順番も大事。先に野菜を食べて吸収率を緩やかにして、それからスープ、肉類、パンやパスタの順番がいいわ」

「野菜が最初……」

「噛む回数を増やして、脳に満腹信号を送るの」

「よく噛んで……」

「胸を維持しつつ体を引き締めるには、たんぱく質……肉や卵を食べて、運動することが大事よ」

「肉や卵……運動……」

「あまり節制するとストレスで逆に太ったりするから、好きなものを食べたら多めに運動するようにしたらいいわ。運動できない時はストレッチでもいいの」

楽しくなってついつい語っても、彼女たちは真剣にメモを取る。

「少しだけ、室内でできる運動をしてみましょうか」

そう言うと、二人は目を輝かせた。

最初に教えたのは、絨毯の上に横向きになり、片脚をゆっくり上げたり下げたり。この世界ではしたないと言われかねない運動だけれど、よく効くの。

「奥様……本当にこのような運動を……？」

「そうよ。太ももの内側を鍛えて、ヒップアップも同時に出来るわ」

妹の方が先に、羞恥心より実を取った。

「はい！　いち、に、いち、に！」

「いっ、ちにー、いっちにー！」

「腰にくびれを作るには、腹式呼吸！　腹斜筋を意識して！」

「はい！」

「次は、仕事中にできる、ながら運動！　窓拭きの時は～」

ふたつほど教えるつもりが、短い運動をいくつも教えてしまった。それでも二人は、「効いてる！効いてる～！」と大喜びでひとつずつ完璧に覚えてくれた。


その晩。クレセット様との夕食を終え、並んでソファに座る。夕食後に私の部屋でお話しするのは、すっかり恒例になっていた。

「メリーナ。……すまなかった」

「えっ、あのっ……？　クレセット様が謝られるようなことは何もっ……」

「屋敷の者が、君を傷つけた……。君がつらい目に遭っていることにも気付かず、私は……」

「いえ、そんな……何かされたのは今回が初めてですもの。気付かなくて当然ですわ」

「だが私は……」

「クレセット様。私は大丈夫です」

頭を下げたままのクレセット様の頬をそっと包み、お顔を上げさせる。

「案じてくださり、ありがとうございます。ですがクレセット様が謝られることはございません」

私のために傷ついた顔をしてくださる、優しいお方。私は精一杯の明るい笑顔を見せた。

「私はもう、伯爵家の一員です。これからは私がこのお屋敷の方々を管理しなければなりませんもの。今回のことでたくさんのことを学べました」

「メリーナ……」

「それに、仲良くしてくれる子たちもいます。私は私の力で、みなさんの信頼を得られるように頑張りたいのです」

私には小説の主人公のように特別な力も、優れた頭脳も、話術もない。前世でも平凡な社会人だった。私にあるのは努力をすること、綺麗になる方法を教えること、そして新人教育をしていた経験だけ。

「メリーナ……。君は、子供たちとも、そうして諦めずに仲良くなったのだったね」

クレセット様の腕が、私を優しく抱きしめる。大きな私の身体が、まるで包み込まれるような暖かさを感じた。

(あら？　でも、何故クレセット様がそのことを？　垣間見るだけじゃ分からないわよね？)

ふと疑問が湧くけれど、きっと部下の方からの報告にあったのだろうと、問うのはやめた。

「クレセット様がありのままの私を受け入れてくださったから、私は強くなれました。これからもどうか、私を……」

愛して……

その言葉を、口にするのが怖い。私の中の愛されなかった記憶が口を噤ませる。

「……頑張れたら、褒めていただけると嬉しいです」

口にできるのは、子供のような望みだけ。それすらも怖くて、拒絶されることが、捨てられることが怖くて、顔をうつむけてしまった。

「そうだね……案じすぎるのも良くないか。君はもうこの屋敷の伯爵夫人だというのに」

クレセット様は苦しげな声を出して、私の頬を撫でた。そして。

「愛しているよ、メリーナ」

「あ……あのっ……」

「伯爵夫人らしい威厳のある対応だったと、メイド長から聞いたよ。君はやはり素晴らしい人だ」

クレセット様は私を褒めながら、髪を撫でながら、……額や目元に、キスをした。

（まって、今の私には刺激が強いのっ……）

心臓が痛いほどに脈打つ。願った通りに褒められ、言葉にできなかったことも伝わったかのように愛される。

「わ……私は、ただ叱っただけで……メイド長が解決してくれたのですっ」

クレセット様を押し返すと、優しく微笑まれて、最後に手の甲に口付けられた。

（心臓止まるかと……冗談にならないわ……）

身体を離されたものの、肩は抱かれる。それでも何とか心停止は免れた。

「謙遜することはない。君の言葉で目が覚めたと、メイド二人から話を聞いたからね。彼女たちには、二週間の馬小屋掃除を命じた。その程度の罰で済み、君に泣きながら感謝していたよ」

ふっと微笑み、私の頬を撫でる。指先で顎の下をポヨポヨしながら。

「家族に仕送りをしている子達だから減給はやめて欲しいと、君からメイド長に訴えたそうだね。この短時間で使用人の事情まで覚えるとは、やはり君は聡明な人だ。朝まで名簿を読み込んでいた君の努力の賜物でもあるのだね」

(溺愛が、すごい……)

つらつらと流れるように褒めちぎられ、輝く笑顔も昨日より増していた。

「私は、下女への格下げと三ヶ月の休日返上および二ヶ月の無給、以後半年の減給を一度告げたのだが」

(ブラック企業だ！)

反省した子にもあまりに冷酷でブルッと震える。

「君の訴えを聞き、最も軽い罰に変えた。反省できるなら成長できる。その考えは、私にはなかった」

優しい瞳が私を見つめた。

「今回の件、処罰の決定を私たちに委ねてくれて感謝するよ」

私は伯爵家に来たばかりで勝手が分からない。公爵家のやり方は参考にならなかったから……

「残りの三人は、明日の朝に追い出すつもりだ。再教育などしても無駄だからね」

「ですが、私から離れて教育機関で学べば自覚が生まれるかもしれませんし……」

仕えていたお屋敷の紹介状がなければ、他のお屋敷で雇って貰えない。ラーナ伯爵の怒りを買ったという噂が広がれば、街で働くことも、縁談さえも難しくなる。

「私がこの外見でなければ、あの子たちもあんなことは、っ……」

ハッとして口を覆う。前世の記憶が甦っても、私はメリーナだ。十八年生きてきた記憶や経験が消えたわけではない。

「メリーナ。君なら分かっているはずだよ。相手が何を主張しようと、身分が上の者に危害を加えることは許されない」

「っ……分かって、います……」

私も彼女たちに主張したことだ。身分が上の者に危害を加えれば、上の者に逮捕されるほどの非がない限りは下の者が処罰される。でも、そこまでの罰は望んでいない。彼女たちには私から離れて、お屋敷に仕える自覚を学んで欲しかった。

「君は、あの三人に成長する可能性があると？」

「分かりません。ですが、やってみなければ分からないことです」

何故庇うのかと、クレセット様は苦しげな顔をする。いつも優しかったクレセット様の、少しだけ冷たい瞳。また捨てられるのではと、無意識に身体が恐怖に震える。

それでも、彼女たちが人生まで潰されると分かっていて、了承することはできなかった。

「……私を説得しようなど、君は度胸があるな」

クレセット様は、ふっと表情を緩めた。

「やはり君には、教育者の才能があるようだ。今回は君に免じて、再教育を罰としよう」

「っ！　ありがとうございますっ！」

「君が私以外のためにこれほど心を砕いたことには、嫉妬しているけどね」

美しい笑みを浮かべ、私の頬を撫でる。

（今頃冷や汗が……というか、笑顔に圧が……）

蛇に睨まれた蛙……いいえ、ドラゴンに睨まれた丸腰の村人だわ。

「申し訳ありません……」

「謝罪より、別の言葉を…………いや、そうか」

「クレセット様？」

クレセット様は突然難しいお顔をして、でもすぐに微笑んだ。

「あの女共は、知り合いの屋敷に送るよ。性根の腐った者の対応に長けた人物だ。教育機関より適しているだろう」

「そのようなお知り合いが……お手数をおかけします。よろしくお願いいたします」

頭を下げる私の額に、柔らかいものが触れる。キスをされたと気付くと、全身が熱くなった。

「伯爵夫人らしい対応へのご褒美と、私を嫉妬させたことへのお仕置きだよ」

「えっ、あのっ、クレセット様っ……」

目元や頬、手の甲、指先へと口付けられる。

（し、死ぬっ……）

恋愛小説の王子様よりキラキラしたクレセット様にそんなことをされては、死んでしまう。クラクラしてきたところで解放されて、……限界を分かっていてやっているのかもしれない。

「あの女共……メリーナを傷つけたことを、日々泣いて悔いればいい」

ぼそりと低く呟かれる声は、頭がクラクラしている私には少しも聞き取れなかった。私の髪を撫でながらの愚痴だけ、どうにか耳に入る。

「あの女は、子爵家の者だったか。家族ぐるみの悪事で没落したというのに、奴等は自尊心ばかり高く、他人を見下し傲慢に振る舞う。爵位を剥奪しなかった陛下のご判断には、疑問の残るところだよ」

陛下の決定に愚痴を言えるのはきっと、クレセット様くらいだ。

◆

その晩、クレセットが訪れたのは、屋敷の端にある古びた建物だった。石造りの長い階段を下りる度に、カツン、と建物全体に靴音が響く。その先には薄暗い廊下が伸び、両側には鉄格子が並んでいた。

「食事は与えていないな？」

「ご命令通り、水の一滴も与えておりません」

忠実な牢番の答えに、クレセットは口の端を上げる。三人は衛兵に捕らえられた後、地下牢で食事も与えられずに放置されていた。ボロボロの藁だけが敷かれた、何もない狭い空間。そこに三人は身を寄せあっていた。

「旦那様！」

クレセットの姿を見るなり、三人は鉄格子に駆け寄る。

「どうか私たちの話をお聞きください！」

「わざとではありません！　手が滑ってしまったのです！」

「どうかご慈悲を！」

三人は口々に訴える。鉄格子を掴み、クレセットを見上げた。

「自覚がないというのは、本当だったのだな」

彼女たちに返ったのは、呆れた声と溜め息だった。

「私は反対していたのです！　それをこの女が無理矢理っ」

「なっ……彼女の言っていることは嘘です！　私は止めようとしてっ」

「アンタがバケツの水かけようって言ったんじゃない！」

言い争いは罵りに変わる。自分だけは助かろうと、必死に嘘をつく。

「……醜いな」

メリーナなら、もし無実の罪で投獄されようとも、他人を庇って処刑されることを選ぶだろう。いや、冷静に潔白を証言し、真実を勝ち取るかもしれない。諦めずに正面から向き合う。彼女ならきっとそうする。そんな彼女だから守りたいと思うのだ。

儚げだったメリーナは、この屋敷に来て変わり始めた。そんな彼女の邪魔をする者は、誰であろうと許してはおけない。

「明日の朝、移送する。それまで何も与えるな」

牢番に命じ、彼女たちに背を向ける。

「っ……この程度のことでっ！」

ガシャンッと鉄格子が鳴った。

この程度のことで、あの女のせいで、あの女に騙されている。鉄格子を掴み、口々に叫ぶ。だがクレセットが鉄格子に近付くと、声は止む。代わりに小さな悲鳴がこぼれた。

「お前らがどの程度と思うかも、何を投げ付けたかも問題ではない」

牢番に鍵を開けさせ、鉄格子の内側に踏み入る。

「悪意があろうと、なかろうと、罪の大きささえも、関係のないことだ」

一言ずつゆっくりと告げ、彼女たちを見下ろした。

「あ……あ……」

微かな悲鳴。獰猛な獣に睨まれたかのように、ガクガクと震える。

醜い。もう一度呟き、帯びていた剣を鞘から抜いた。

「お前たちは、私の妻に危害を加えた。ただ、それだけだ」

「ヒッ……」

三人は目を閉じる。クレセットの手にかかれば、一振で三人の命を奪うことすら容易いこと。だが剣は空を切る音だけで、鞘に収められた。ハラリと落ちる髪の束。ポタポタと落ちる数滴の赤い液体。三人の手首には、僅かな切り傷ができていた。

「手首を切り落とされなかったのは、妻の温情だ。感謝するといい」

凍えるほどの冷たい声音で告げ、クレセットは牢を後にした。

◆

窓から射し込む清々しい光。軽やかに鳴く鳥の声。そして、ノックの音と共に扉が開いた。

「おはようございます。奥様の侍女に任命されました、サラと申します」

朝の支度に訪れたメイド長は、一人の女性を連れていた。マロンブラウンの髪を後ろでお団子にまとめた、背の高い綺麗な女性だ。瞳は優しいミルクティー色をしている。年齢は二十歳前後だろうか。落ち着いた大人の雰囲気を纏っていた。

「誠心誠意お仕えいたします。ご用がございましたら、どのようなことでも何なりとお申し付けくださいませ」

そう言って、ニコッと明るい笑顔を見せる。この笑顔。クレセット様からいただいた服をしまいに来てくれた、最後に笑顔で帰って行ったあの人だ。

「これからよろしくお願いしますね、サラさん」

伯爵夫人らしく……と思っても呼び捨てにすることが出来ずにそう呼ぶと、サラさんは一度口を開けてから閉じて、ニコッと笑った。

メイド長が部屋を出て行くと、サラさんは温かい紅茶を淹れてくれた。クレセット様に見つめられながらの朝食は、寝起きでは心臓の負担が大きい。だからこうして心を落ち着けるために、ゆったりとした時間を取っている。

(どうして朝からあんなに美しいのかしら……)

まるで数時間前から起きていたように凛々しくて眩しい。甘く微笑まれると、気付いた時には私のフォークやナイフは床で音を立てている。三度目の失態をしないように、しっかり頭と心の準備をしなくては。花の香を感じる爽やかな紅茶を飲み、ゆらゆらと揺れる琥珀色を見つめた。

「あの、サラさん。私の気のせいかもしれないけれど……旦那様からいただいたプレゼントをしまいに来てくれた時に、私に笑いかけてくれたかしら?」

「わ、私、顔に出ておりました……?」

「え?　ええ……」

「大変失礼いたしました」

慌てて顔も赤かったのに、すぐにキリッと侍女の顔に戻る。

「あの……理由を、聞かせて貰えないかしら」

敵意や悪意はなさそうでも、やはり理由が気になる。理由もなく受け入れて貰えるなど信じられない。そう考える気持ちも、未だに私の中にあった。

「……美味しかったからです」

視線をさまよわせて、悩みに悩んでから、サラさんはそう言った。

「美味しかった……？」

「いえ。嬉しかったからです。嬉しかったのです」

二度言い、キリッとまた表情を引き締める。

「私は、伯爵家に仕えて五年になります。縁談を容赦なく千切っては投げ、千切っては投げしていた旦那様が、婚約も求婚も飛ばしてお迎えされた方です。奥様は絶対にお優しくて純粋で聡明なお方だと思っておりました」

若干早口になるサラさん。

「初めてお見かけした時、失礼ながら驚かなかったとは申せません。ですが、そのような要因は私にとっては些細なことでした」

クレセット様と同じことを言って、そっと目を伏せた。

「大切なのは、旦那様が愛したお方だということです。旦那様の、奥様を見つめる慈愛に満ちた温かな瞳……。氷のように冷たい美貌の伯爵との、真実の愛……！　凍てついた心を溶かした唯一無二の愛情！　はぁ……最高です」

（サラさん、前世で常連になってくれていたお客様に似ているわね）

熱のこもった演説からは真実しか感じられず、頬が緩む。とても素直で、信念のある人だ。

「っ……申し訳ございませんっ……」

「いいのよ。少しも嫌われていないことが分かったもの。それに、とても嬉しい言葉を貰えたわ」

「奥様っ……」

「私を伯爵家の一員として受け入れてくれて、ありがとう」

「奥様ぁっ……！」

サラさんは落ち着いた雰囲気とクールな顔立ちに反して、明るく元気な人だった。

「今後、誤解のないよう全てお話しいたします。私は奥様の剣となり盾となりお役に立てればと、旦那様に直々にお許しをいただいて参りました。そして侍女になれば、……お二方の仲睦まじいお姿を拝見できる、という下心がございます。他意はございませんのでどうか私にお恵みを、いえ、私のことは空気と思っていただければ幸いです」

淀みなく訴え、深々と頭を下げる。

「もちろんかまわないわ。ただ……あまり見られていると、恥ずかしい時もあるから……」

「そこはわきまえております。お邪魔など決していたしませんのでご安心ください」

見極められます。そう言ってとても凛々しい顔をした。

「サラさんが侍女になってくれて嬉しいわ。素直で明るくて優しくて、心が休まるもの」

「奥様っ……勿体ないお言葉、痛み入りますっ」

バッと頭を下げる。気品のある女性なのに、何故か鍛練した騎士に似た雰囲気を感じる。

綺麗な立ち姿。頭を下げてもぶれない体幹。凛とした表情と、雰囲気。

「……サラさんは、どちらかの家門のご出身かしら？」

「申し遅れました。私はマクガヴァン子爵家の、三女です」

やはりと思う気持ちと、驚きが少し。マクガヴァンといえば、騎士を多く輩出している家門だ。四人兄弟で、長男は王国の騎士団長にまでなり、その功績から伯爵位を賜るのではないかと、人の集まる場にほとんど出ていない私でも聞いたことがある。

長女は、王女殿下の護衛騎士を務めている。王女殿下がとても懐かれていること、男性騎士ですら彼女に勝てないことから、軽視されていた女性騎士の地位を向上させた人物でもあった。

「マクガヴァン家のご令嬢が私の侍女だなんて……とても光栄だわ」

実直で信念があり、主と認めた者にしか自ら仕えることを望まない。それを許されるほどの力と実績がマクガヴァン子爵家にはある。

侍女になってくれた理由は先程の可愛いものでも、家門の信念は受け継いでいるはず。こんな私で申し訳ないという気持ちを、グッと飲み込む。そんなことを考えたら、サラさんに失礼だ。それに、受け入れて貰えたことが、本当に嬉しかった。

「身に余るお言葉を賜り、恐悦至極にございます」

侍女としてはやや武骨なこの口調が本来のサラさんの口調かしら……凛とした表情にとても似合っている。胸に手を当ててお辞儀をする仕草にも見惚れてしまった。頬が緩む私を見て、サラさんは一瞬目を見開き、すぐにパッと笑顔を見せた。

「護身術程度ですが、父から剣を習っておりました。外出時は護衛として奥様をお守りします」

「剣を扱えるのね。すごいわ。頼りにしています、サラさん」

剣を振るう姿も綺麗だろうと想像する。綺麗で強い女性は、前世の私の憧れでもあった。

「旦那様が、奥様にご執心の理由が分かりました」

サラさんは口調を侍女のものに戻した。

「奥様をお迎えすると決まった夜も、すごい剣幕で戻っていらして。明後日の夕方までにこの部屋を徹底的に掃除してくれ、カーテンとベッドカバーと調度品も替える、色はあれで柄はこれ、あれもこれもと大慌てで命じられたのですよ」

ふふ、と微笑みほんのりと頬を染める。最高です、と小さく呟いた。

「もしかして、旦那様がおっしゃっていた、領内の事情とは……」

「奥様をお迎えするご準備のことです」

まさかの事実。使者だけ送られてきたのは、クレセット様が自らお部屋のものを選んでくださるためだったなんて。

「奥様にお似合いになるものを選ばれましたが、気に入ってくださるかはまた別だと、頭を悩ませておられました」

「そう、なの……」

嬉しくて、顔が熱くなる。クレセット様が、そんなにも悩まれて準備してくださったお部屋。

私の、ために……

「嬉しいわ……」

目の奥が熱くなり、ぎゅっと目を閉じる。泣いてしまったらサラさんに気を遣わせてしまう。初めてお部屋に入った時、クレセット様が優しく笑ってくださったのはそういうことだったのだ。

私はあの日、この部屋のあまりの広さと美しさに驚いた。到着したのは夜で、大きな窓には刺繍入りの淡いブルーのドレープカーテンがかけられていた。部屋には煌々と明かりが灯り、テーブルには私を迎えるためという薔薇のブーケが飾られていた。

公爵家とは何もかもが違って、すごい、綺麗、広い。そんな言葉しか出てこなかった。

室内をクレセット様が案内してくださっている間に、バルコニーに食事が用意されていた。月明かりとランプの照明に照らされた広大な庭園を眺めながらの夕食。あまりに優雅で、クレセット様があまりに美しくて……緊張したものの、食事がとても美味しくて、ダイエット前の最後の晩餐と思い美味しくいただいた。

(そういえば、公爵家の自室はいつも薄暗かったわ)

裏庭に面した角部屋で、生い茂る木々に覆われて昼でも薄暗かった。ただ鳥の声は美しく、時折窓辺に遊びにきてくれる鳥たちにお菓子をあげていたあの時間は、心休まる時だった。

(夜も灯りひとつで本を読んでたっけ……)

オイルランプは渡されず、蝋燭が燃え尽きるまでが、私の起きていられる時間だった。

このお屋敷では、いつもランプにはオイルが満たされている。落ち着く香りのキャンドルも置かれていた。それも全て、クレセット様が私のために……

「でも私が聞いても良かったのかしら……。知られたらサラさん、旦那様に怒られたりは……」

「ご心配いただきありがとうございます。旦那様は、伯爵家のために尽くす者には寛大ですから。

私は大丈夫です」

そう言って、私が飲み終えた後のカップをワゴンに乗せた。

「……その逆は、すぐ首チョンッですけど」

ボソリと呟かれた声。聞き取れずに聞き返すと、にっこりと笑顔が返ってくる。

「愛の詰まったお部屋だと知っていただいた方が、奥様の旦那様への好感度上昇に貢献できますから。そしてそのお部屋で、旦那様からの愛を受ける奥様っ……」

早口になりかけたところで、サラさんはコホンと咳払いをする。

「旦那様はそれほど真剣に奥様をお迎えされたことを、知っていただきたいのです」

サラさんは目を細め、柔らかな声で告げた。

「もうすぐ参りますが、奥様付きのメイドも決まりました。旦那様に直接お願いに上がったそうで、なかなか勇気のある子たちですよ」

話していると、ノックの音が響く。サラさんが扉を開けると。

「おはようございます。奥様付きに任命されました、ドロシーと申します」

「デイジーと申します」

「「誠心誠意お仕えいたします。よろしくお願いいたします！」」

二人は声を合わせて言い、息の合ったお辞儀をした。

「あなたたち……」

「お知り合いでしたか？」

「ええ。私に優しくしてくれた子たちよ」

水をかけられたあの日、声をかけてくれた。一緒にストレッチや運動をして、この部屋まで送ってお風呂の準備までしてくれた。

「心から歓迎するわ。これからよろしくね」

「はいっ、奥様！」

二人は元気に返事をする。私たちの様子に、サラさんは安堵したように微笑んだ。


「ああ、処罰した三人は、早朝に屋敷を出たよ」

カリンたちのことを問うと、クレセット様は朝からとても眩しい微笑みを浮かべた。

「二度と君の前に姿を現すことはない。安心してくれ」

柔らかな声音で言い、ティーカップに口を付ける。

「そう、ですか……」

あまりにも早い時間。きっと、私に会わせないように気を遣ってくださったのだ。

最後にお見送りだけでもと考えた自分にゾッとする。私のせいでここを離れることになったのに、何を考えているのだろう。

「君のおかげで、あの女共の態度を知ることが出来た。使用人たちからも普段の行動の証言を得ているよ。ありがとう、メリーナ」

「っ……いえ、私は…………クレセット様のお役に立てて、光栄です」

私の罪悪感に気付いて、クレセット様は優しいお言葉をかけてくださる。その厚意を無駄にしたくなくて、笑ってみせた。

証言もあるなら、いつか取り返しのつかないことをしてしまう可能性はあったのだ。そうなる前に止められて良かった。追い出されず、別のお屋敷に向かうことが出来たのだから……

「あの……いつか、彼女たちの様子を見に行くことは」

「君が会いたいと願うなら」

クレセット様はそう言い、私を見つめて柔らかく微笑んだ。

「だが、私以外の者に会いたいと言われたら、嫉妬をしてしまうな」

「っ……」

柔らかな微笑みが、甘い雰囲気を纏ったものに変わる。視線はまっすぐ私を捕らえて、……昨夜のご褒美とお仕置きを、思い出してしまった。

「昨日とは比べ物にならないほど、嫉妬してしまう」

「申し訳ありませんっ……」

耐えきれずに顔を覆ってうつむいた。顔も全身も熱い。視線だけで心臓がきゅうっとして、もう止まってしまいそうだ。

「メリーナ。私が帰った時に会いたかったと言って迎えてくれれば、これ以上嫉妬せずに済むかもしれないよ」

「はいっ、……あっ、あの、でもみなさんの前では、その……」

「それなら、二人きりになってからだね」

二人きり。それでは逆に昨夜のように……でも人前では恥ずかしくて、それに、私がそんなことを言ったら見苦しいものを見せてしまう。そっと顔を上げると、朝の光を浴びたクレセット様はキラキラと輝く笑顔でこちらを見つめていた。

「……はい」

笑顔の圧とあまりの美しさに、私の口はそれ以外の言葉を発することができなかった。

◆

それから数刻後、セドを王城の執務室へ呼び出したクレセットは、深刻な声で告げた。

「重大な問題が発生した」

貴族の悪事か、敵国のスパイか、それとも。セドはクレセットの次の言葉を待つ。

「メリーナは、私のことが好きなわけではなかった」

「………んっ!?」

当然セドはこういう反応になる。国家の危機かと思えば、溺愛している奥様のことだった。

「私はメリーナを愛している。拒まれたこともなく、笑顔も見せてくれるから、メリーナも私を愛してくれていると……思い込んでいた」

そっと目を伏せる。

「私は、家族と縁を切らせて婚約期間もなく紙切れ一枚と使者だけ送り、強制的に彼女を妻にした男だ」

事情があったとはいえ、事実だけを言葉にすれば確かに酷い男に聞こえる。

「夫人からしたら、あの家とバルロスから救い出してくれて、あんな派手な婚約破棄されたのに妻に迎えて、あれこれプレゼントして優しくしてくれる男だろ？　自然と好きになるもんじゃ……」

「その程度で好きになるわけがないだろう？」

「おいおい、恋愛初心者。お前が夫人を好きになったのも、最初は一目惚れだろ？」

「……笑顔が可愛かった」

「ほらみろ。恋のきっかけはそんなもんだよ。出逢ってからの時間も何をして貰ったかも、関係ない時があんだよ」

そこに毎日溺愛とくれば、いつ恋心が芽生えてもおかしくない。

「ただ傍にいたい。見つめていたい。そんな想いひとつ生まれれば、それは恋だ」

しみじみと語り、遠くを見つめる。その言葉はクレセットの心に深く響いた。

「まあ、焦らず落ち込まずじっくり関係性を育てていけばいいって。もう夫婦なんだからさ」

「……そう、だな。もう夫婦なのだから」

ふっと微笑むクレセットに、セドはニッと明るく笑った。

「話は変わるが、敵国のスパイと思われる人物を特定した」

「本題そっちじゃん!?」

「どちらも本題だが？」

「うっ、あーー……うん、そっかぁ……」

どちらもクレセットにとっては重要事項に間違いはない。だが。

「今度からは、そっちから聞かして？」

ただの恋愛相談と思って聞いていたのに、心臓に悪い。国家の危機は、前もって心の準備をさせて欲しかった。

家に帰ったクレセットを待っていたのは、こころもち丁寧な仕草で出迎えをするメリーナの姿だった。背筋をピンと伸ばし、流れるように淑女の礼をする姿は、伯爵夫人として申し分ない。

「お帰りなさいませ、旦那様」

「ただいま、メリーナ」

会いたかった、と続けてくれないのは大勢の使用人がいるからだろう。視線でねだってみても、今は無理ですと言いたげに目を伏せる。

「メリーナ」

「はい」

「食後を、楽しみにしているよ」

「っ！　あのっ、旦那様っ……あっ、サラさん違うのっ」

そのまま手を引いてメリーナを部屋へと送り、食事までの間にクレセットも一度自室に戻る。

「……セドは、ああ言っていたが」

メリーナも、好きでいてくれるのだろうか。見つめていたいと……いや、逆に目をそらされて顔も伏せられてしまう。今朝もそうだった。……真っ赤になって、可愛かった。この顔に生まれて良かったと初めて感謝したものだ。

「いや、嫌われているのでは？」

ハッとする。目をそらすのは、嫌いだからでは？

メリーナを妻に迎えて浮かれていた。妻になったからと無遠慮に触れる男はどうなのだ。これではバルロスと変わらないのではないか。朝の言動も悪い印象を与えたのではないだろうか。

「どうしたらいい……」

女心。好かれるには。ブツブツと呟きながら、手早く着替えを終えた。

夕食はメリーナの部屋に用意するよう、今朝メイド長に伝えている。メリーナから、会いたかったと言って貰えるかもしれないと期待して。これは圧力になるのだろうか。そもそも妻の部屋で食事をとる夫はどうなのだろう。ソファに座り悶々と悩んでいると、ノックの音が響いた。

「入れ」

そう告げると、屋敷の主の顔に戻る。そして入ってきた人物を見るなり、口の端を上げた。

「メリーナは、期待に添えただろう？」

「確信しておいででしたか」

「当然だ」

ふっと笑みがこぼれる。静かに佇むメイド長の隣。サラは、唇に弧を描かせた。

「奥様はマクガヴァン子爵家をご存知でした。私は平民のていでサラとだけ名乗りましたが、どこかの家門かと問われ、家名を名乗ると予想されていたかのような反応でした」

「お前の立ち姿が平民に見えないにしても、家門まで予想していたとは……」

「……平民には、見えませんか？」

「平民を研究した方がいい」

少なくとも男爵家の子女止まりだ。

「社交界に滅多に出ていないというのに、そこまで見抜く能力があるとは……素晴らしい、が」

公爵家に閉じ込められるように育てられた令嬢が、そこまでできるものだろうか。婚約者と妹に騙されていたことにも気付けなかった、純粋なメリーナが。それとも妹たちのことは、気付いていながら見ないふりをしていたのだろうか。

「奥様の天性の才能か、もしくは……他者の顔色を窺い育った者は、無意識に他者を観察するようになると聞きます」

「……陛下のお許しさえ出れば、公爵家の者全ての手足を落とし、目を潰しに行けるのだが」

「駄目でしょうね」

サラはきっぱりと言い切った。

「ご結婚されたのですから、血の気が多い性格も少々改められた方がよろしいかと」

「お前が改めるなら、私もそうしよう」

「ご冗談を。私は元より平和主義です」

にっこりと微笑むサラに、クレセットは肩を竦めた。

マクガヴァン子爵家は、女の方が血の気が多く、剣の才能も強く受け継ぐ。女性は淑やかに、夫を立てる良き妻であれ。世界的には時代遅れの思想がこの国には未だ根付いている。それさえなければ、とうの昔に侯爵位を賜っているだろう。

「平和主義ではありますが、ラーナ伯爵夫人の護衛が出来ることを大変嬉しく思っております。一生できないものと諦めかけておりましたので」

この屋敷なら奥方の護衛として剣を振るう機会が訪れるかもしれないと、十六歳の成人の日、父であるマクガヴァン子爵に頼み込んだ。当時のクレセットは、子爵の子なら害にはならないだろうと、メイド長の補佐としてならと軽く返した。

夜中に剣の稽古をしている姿を見ても、気にもしなかった。サラにとっては干渉されないことが、クレセットにとっては関心を持たれないことが、居心地が良かった。

「運が良かったな。そろそろ嫁ぎ先を探してやらねばと、メイド長と話していたところだ」

「父以上に素晴らしい男性がおりましたら、ぜひともお願いしたいものです」

サラはまたにっこりと微笑む。

屈強な者、快活な者、懐の深い者、頭の切れる者……それだけでは駄目だ。マクガヴァン子爵、その人よりも、素晴らしい人物という意味でサラは言っている。ただの断り文句だと考えていた頃を思い出して、メイド長は静かに頭を抱えた。

「旦那様。私は、私の信念に従い、奥様に誠心誠意お仕えいたします」

当のサラには全く結婚願望はない。子爵も無理に嫁がなくていいと言っている。それは単なる溺愛ではなく、サラの信念と心を殺してまで押し付けるものではないと考えているからだ。

「奥様は女の私が剣を扱うとお話ししても、ただ褒めてくださいました。護衛の件をお伝えしても不安な顔もせず、頼りにしていると申されたのです」

外見で判断されたくない気持ちは、サラの中にもある。だがメリーナの反応は、自分がされたくないから、というだけのものではなかった。

「この国でお育ちになられたにしては、不思議なお方ですね」

「公爵家の教育を受けられなかったことが、功を奏したな」

偏見は目を曇らせる。この国のほとんどの者が、人の中身など見ていない。

「メリーナを育てたのは乳母だと言っていた。今はどこにいるかも分からないそうだが、一度お会いして礼を述べたいものだ」

ふっと優しく目元を緩める。サラがこの五年間、一度も見たことのない表情だった。

「旦那様」

「何だ？」

「旦那様と奥様をモデルにした恋愛小説を、執筆してもよろしいでしょうか」

歴戦の猛者のように凛々しい表情でクレセットを見据える。サラがメリーナに語った理由も、全て本心だ。剣と張るくらいに恋愛話が好きであり、どちらも楽しむために騎士団には入らなかった。

そしてサラは今や、国内外で大人気の恋愛小説家でもあった。

「……条件がある」

クレセットは鋭い視線をサラに向ける。

「全ての内容には私が目を通す。削除箇所の指示には従って貰う。メリーナからの許可は、出版の前に私が取ろう。だが、世に出すのは、メリーナが復讐を遂げてからだ」

「仰せのままに」

サラはビシッと胸に手を当てて一礼する。国家の危機を救う使命を託されたかのように、その瞳は闘志に燃えていた。

◆

バルコニーで緊張しながらの夕食を終え、室内のソファにクレセット様と並んで座る。お茶を淹れてくれたサラさんは、スッと扉のそばに移動した。私たちから視線をそらしたふりで、チラチラとこちらを見ている。

クレセット様は特に気にしていないようで、ホッとする。そもそも私よりサラさんを知っているから、私が心配することではなかった。それとも、侍女はいつも部屋の中に控えているものなのだろうか。侍女のいなかった私には分からない。

「メリーナ。誰のことを考えている？」

「っ……」

「私といるのに、誰のことを？」

「あのっ、申し訳ありませんっ」

「謝らなくていいよ。相手を教えてくれれば、それでね」

ゾッとするほどの美しい笑み。答えてしまったら、相手はどうなってしまうか恐ろしくなるほど。

それでも、クレセット様は怒っていない。敵意は公爵家でずっと受けてきたから分かる。

（こう言ったら不謹慎だけど……嬉しいわ）

向けられる感情が独占欲というものなら、とても嬉しい。前世からずっと、愛されたい人にほど背を向けられ続けていたから……

「すまない。高圧的だったね」

クレセット様は私から離れて、頬に触れかけた手も下ろしてしまった。

「いえっ、そんなことはっ……」

誤解させた。慌ててクレセット様に詰め寄る。

「答えに、迷ってしまって……。サラさんのことを考えていました。私には侍女もメイドもいなかったので、どのタイミングでお部屋に戻してあげればいいか分からなくて……」

頭の中を整理して答えると、クレセット様は長い睫毛を瞬かせ、ふっと目元を緩めた。

「君が独りになりたい時に下がらせればいい」

「そう、なのですね……」

独りになりたい時。特になく、どうしたらいいかまた悩んでしまう。

「あ……でも、今は……サラさん、ごめんなさい。少し旦那様と二人にして貰えるかしら」

「かしこまりました」

サラさんを見ると、ニコッと輝く笑顔を向けてから、部屋を出てくれた。

「クレセット様」

私は深呼吸をして、クレセット様に向き直る。まだ腰回りのお肉が邪魔をするから、座り直して身体ごとクレセット様の方を向いた。

「……会いたかったです、クレセット様」

「っ……」

お約束したことだから。自分にそう言い聞かせて、言葉にする。

これで昨夜のように嫉妬はしないとクレセット様は言った。昨夜のように触れられたりはしない。それは……少しだけ、寂しいけれど。そう考えてしまい、顔が熱くなった。

「メリーナ」

「はいっ」

「抱きしめても、いいだろうか」

「え？　ええ、どうぞ」

今朝まで自然に触れてくださっていたのに、どうして許可を求めるのだろう。私、何かしてしまったの……？

「私が言わせたというのに、君の言葉で舞い上がっている。嘘でも、嬉しいものだな」

クレセット様に抱きしめられると、不安もすぐに消えていく。優しく背を撫でられると、ぽよ、と弾む肉。少しだけ痩せたと思ったのは勘違いだったみたいだ。

「嘘ではありません。クレセット様のお帰りが嬉しいのは、本当ですもの」

お忙しい中、いつも夕食前に帰ってきてくださる。会いたかった。それは、本当の気持ち。

「メリーナ。君は、私を……」

何かを言いかけて、そこで止まる。

「……君は、私とこの部屋で夕食を共にすることは、嫌ではないか？」

「ご一緒していただけて、とても嬉しいです」

そう答えると、良かった、とクレセット様は呟く。そして身体を離して、私の手を取った。

「だが、すまないメリーナ。二週間ほど共に食事が出来そうにない。仕事で屋敷を空けることになった」

「っ……そう、ですか……」

「結婚したばかりだというのに、すまない」

「いえ。お仕事なら、仕方ありませんもの」

食事を共にするのは嫌かと確認されたのはどうしてだろう。やはり、何かしてしまったのかもしれない。ネガティブな気持ちが込み上げ、下を向いてしまう。

「断じて浮気ではない。それだけは信じて欲しい」

その言葉に顔を上げると、クレセット様は真剣な面持ちで私を見つめていた。

「信じております。クレセット様」

浮気の心配はしてなかった。クレセット様はきっと、他に慕うお方ができれば隠さず私に話してくださるはずだから。

前髪をそっと指先で払われる。額にキスをされる合図だ。……でも、その瞬間は訪れなかった。

クレセット様はただ私の髪を撫で、その手もすぐに離されてしまう。

「クレセット様？」

見上げると、優しい瞳に見つめられていた。そして今日の出来事を問いかけられ、そのまま私たちは、夜が更けるまで話をしていた。


それから六日。このお屋敷にきてからは十日が過ぎた。

「足音は静かになったわね」

ドスドスというゾウのような音はもうしない。土埃も気をつけていればもう立たない。運動とお風呂で巡りを良くしてむくみを取っただけで、身体が随分と軽くなった。見た目も一割くらいは減った印象だ。

（早く、痩せないとね……）

六日前の夜。クレセット様は、私の体型の見苦しさに気付いたのかもしれない。だから触れることを躊躇《ためら》っていた。そう考えて、胸が痛む。クレセット様に嫌われるのは……とても、怖い。

（……次は、水分を摂ってから半身浴よ）

怖いけれど、下を向かずに、今できる精一杯の努力をしよう。


「奥様って、一階のお部屋の方が良かったんじゃない？」

「あー、毎回つらそうだもんねー」

「あたし、心臓止まらないかハラハラしちゃう……」

近くの裏口から屋敷に入ると、また噂話の現場に遭遇してしまった。

「旦那様もなんで一階にされなかったのかな。痩せられるまで仮のお部屋もご用意できたのに」

心配してくれているだけだったわ。ホッとしてその場を離れようとすると……

「そんなの決まってるじゃないっ」

「奥様を他の男のいる階にお通ししたくなかったからよっ」

「もし一階にされてたら、旦那様と奥様は同じお部屋よ！」

「同じベッドよ！」

聞き慣れた声がしてそっと見ると、彼女たちはキャーッと楽しそうにハイタッチしていた。

「ドロシーとデイジー、奥様付きになってからますます元気になったよね」

「昇進してるのになんか憎めない。なんか羨ましくない」

「「なんでっ？」」

声を合わせて「羨んでよ！」と言ってピョンピョン飛んだ。うさぎみたいでとても可愛い。

「だって奥様の専属でしょ？　なんかやらかしたら、あの子たちみたいに左遷じゃないの」

「左遷で済んで良かったよね。奥様、偉大だわ」

「でも怖いし、あたしは無理かな……」

「なんで？　ちゃんと仕事してれば何も怖くないよ？」

「ドロシーは、いつまでもこのお屋敷でやっていけるよ……」

うんうん、とみんな頷く。私もそう思う。だって、二人は全く邪気がないもの。

「でもほんと、早く痩せていただかないとね」

「いつ心臓止まっちゃうか、ハラハラしちゃう……」

「ねえみんなっ。さっきから思ってたけど、奥様と旦那様のこと話す口調じゃないよっ」

デイジーが両手をパタパタさせる。小鳥のようでとても可愛らしい。

「いない時くらいはいいじゃん。旦那様いると生きた心地しないんだしさ」

「でも奥様が来てくださって良かったよね。旦那様の殺気が減ってる」

「ね。それにこの前の処罰で、仕事サボる子も減ったし」

「それよ。私、さっさと終わらせて休憩したい派だから助かる」

確かに彼女たちは、話しながらもテキパキと掃除をしていた。彼女たちは不満があってもきちんと働いている。私も、彼女たちの信頼に応えなくては。

（私の戦いはまだ始まったばかりよ！）

もう一度裏口からそっと外に出た。

噂話を咎める気はない。それまで禁止したら、息抜きができなくて病んでしまうかもしれない。

それに彼女たちなら、来客時やクレセット様のいらっしゃる時にはきちんとしているだろう。

彼女たちにやる気を貰い、私は腕をしっかり振って歩き始める。心臓が止まらないように休憩しながら、今日は限界まで追い込んで頑張ろう！


翌日のお昼時。執事が、クレセット様の元へお届け物をすると話していた。

もう一週間も会えていない。執事もメイド長も忙しそうで、私はクレセット様に一目会えればという思いで、その役目を譲って貰った。

私も、少しは痩せたし。

（なんて、甘い考えでした……）

あの女がラーナ伯爵の？

女避けにしても酷いのを選ばれたわね。

夜会で派手に婚約破棄された女でしょ？

よく外を歩けるわね。

すれ違う人たちは皆、私に聞こえるように言って、クスクスと笑う。視線がとても痛い。

「奥様。黙らせてきてもよろしいでしょうか」

低い声がしてサラさんを見ると、すごい顔で彼女たちを睨んでいた。

「サラさん、怒ってくれてありがとう。でも放っておきましょう」

「ですが」

「いいのよ。彼女たちは本当のことしか言っていないもの」

私は笑ってみせる。傷ついてうつむいてばかりだった頃とは違う。今の私には、こうして庇ってくれる人がいる。

「今の私は幸せだから、平気よ」

「奥様……」

「それと、彼女たちの顔は覚えたわ。絶対に見返してやる」

悪い顔になってしまった気がして、パッと口元を覆った。

「奥様、その意気です。ラーナ伯爵夫人に相応しいお顔でした」

「ありがとう。嬉しいわ」

サラさんからしたら、きっと最大の褒め言葉だ。私も嬉しくなって笑うと、悪口を言っていた人たちはつまらなそうに去って行った。

しばらく歩くと執務室が近付き、廊下の角を曲がるとクレセット様のお姿があった。

「クレセット様っ」

思わず駆け寄ると、湖水色の瞳がジッと私を見据える。

「あの、クレセット様？」

「………どうして、ここに」

眉間に皺が寄る。聞いたことのない、低くて不機嫌な声。クレセット様とお話ししていた男性は身を固くし、近くを通る人たちは足早にその場から立ち去った。

「こちらの資料が必要だと、伺いまして……」

私も震えそうになりながら答える。サラさんが封筒をクレセット様に差し出した。

「資料……、……っ」

「クレセット様っ？」

ボソリと呟いたクレセット様は、資料の入った封筒ではなく私の手を取り、廊下を歩き出した。

「申し訳ありませんっ、私っ……」

きっと、余計なことをしてしまった。クレセット様が優しくしてくださることに甘えて、仕事場にまで押しかけてしまった。

（職場には来るなって、前世でも怒られたのに……）

何も学んでいない。怒らせて、彼は一ヶ月帰ってこなかった。その間のつらさを、どうして忘れていたのだろう。彼女だから、妻だからと、我が物顔で会いに行くことは不快に思わせる。それなのに。

部屋に入ると、背後で扉の閉まる大きな音がした。

「メリーナ」

「はいっ……」

名前を呼ばれて、震える。

怒らせた。嫌われた。

顔を上げられずにいると、足元に影が落ちる。

「あのっ……」

「七日ぶりのメリーナだ……」

申し訳ありません！　と震える声が私の口からこぼれる前に、暖かなものに包まれた。

（クレセット様……？）

目の前が暗い。身動きがとれない。それは、抱きしめられているから。

「先程は、すまなかった。まさか君がここにいるとは思わず、幻覚かと」

そこでまた身体を離される。肩を掴まれて、そっと撫でられた。

「幻覚では、ない……か？」

ジッと見据えられ、コクコクと頷いた。間近で見れば、クレセット様の目の下にはうっすらとクマができている。それでもクレセット様は眩しい笑顔を浮かべて、また私を抱きしめた。

「君を誰にも見せたくなくて、早く隠さなければと焦ってしまった」

見せたくなくて……？　先程の陰口が蘇る。クレセット様は気にしなくとも、周囲から何か言われたのかもしれない。

（私のせいでクレセット様まで悪く言われていたら……）

やはり、ここに来たのは間違いだった。

「……先程の私は、怖かっただろうか」

私が黙っていることで、誤解までさせてしまう。

「いえ、そんなことはっ。お屋敷にいらっしゃる時とは随分印象が違いましたが、お仕事中のお顔を見られて嬉しかったです」

慌てて答える。周囲の空気までピンと張りつめていて、かっこいいと思ったのは本当だ。

「良かった……。こんな顔を見せるのは、君にだけだよ」

そう言ってクレセット様は、いつものように優しく微笑んでくださった。

「しかし、しばらく会わない間に華奢になって……」

華奢とは程遠いけれど、一割減っただけで気付くクレセット様は素晴らしいお方だ。この間は、前髪を少し整えただけでも気付いてくださった。

「この世界から君が減らずに、二人、三人と増えればいいのに」

クレセット様、目のクマ以上にお疲れなのだわ……

「男の出入りの多い場に来るなど……。この辺りは無骨な男が多いというのに……」

小さく呟きながら、私の背を撫でる。クレセット様のお仕事は騎士団とのやり取りが多いと聞いていた。先程通ってきた廊下も、騎士や兵が多かったことを思い出す。騎士館の近くなのかもしれない。

「メリーナ。馬車に戻るまでは、笑顔を見せないようにしてくれ。君の笑顔に私のように心奪われる者がいては困る」

真剣なお顔でそんなことを言った。私は、はい、以外に答えはない。ないけれど。

「……あの。私を避けておられたのでは、ないのですよね……？」

「当然だ。ただ面倒な仕事のせいで、君に会えなくなってしまった。すまない、メリーナ」

触れてくださらなくなったなんて、気のせいだったのね……

ホッとして、クレセット様の服をぎゅっと握る。

「屋敷でつらいことはないか？」

「はい。みなさんとても良くしてくださいます」

「それなら良かった。……そばにいられないのは、私だけか」

また声が低くなる。でもどこか拗ねているような声音で、心が暖かくなった。

そこでハッとする。クレセット様は、お仕事が大変だから泊まり込みをされている。

「クレセット様。私、そろそろ」

「今来たばかりだろう？　座って話を、……何故これほど散らかっている……」

眉間に深く皺が寄った。ソファにも執務机の上にも、大量の書類や本が積まれている。そのことに気付けないほどにお忙しい中で訪ねてしまった。

(お片付けしたいけど、大事な書類に触れるのはいけないわね)

どの辺りにどの書類を置いているか、把握されているかもしれない。

「メリーナ。そこなら座れる」

クレセット様が示したのは、執務用の椅子だ。さすがに私が座るわけにはいかない。

「お気遣いありがとうございます。ですが、もう帰りますね。……クレセット様に、一目お会いしたかっただけですので」

今なら大丈夫かもしれない。本音をこぼすと、私の手をとったクレセット様はピタリと動きを止めた。

「クレセット様？」

表情が読めない。そっと、頬に手を添えられて……

「外まで送ろう」

パッと手が離れ、背を向けられる。

「……私も会いたかった。私は今、君の言葉に舞い上がっている。この部屋に君を閉じ込めてしまう前に、解放したい」

きちんと説明してくださって、足早に扉へと向かう。クレセット様が扉を開けると、サラさんが目の前にいて、先程クレセット様が素通りした資料を素早く差し出した。


「逆にお邪魔になってしまいましたね……」

「そんなことはない。君に会えて鋭気を養えた分、仕事が捗りそうだ」

優しく返してくださったクレセット様は、私の歩調に合わせて歩いてくれる。それに、私が壁際なのは人とぶつからないためだと、数人と擦れ違ってから気付いた。

「クレセット様。ありがとうございます」

お礼を言うと、クレセット様は私の手をそっと握る。私も握り返して、嬉しいと伝えるために笑ってみせた。クレセット様にだけ見えるように、顔を上げて。

馬車に乗り込もうとすると、繋いだ手を引かれる。

「メリーナ」

「はい、クレセット様」

「資料を届けてくれて、ありがとう」

そう言って私の頬を両手で包み、額と目元にキスをした。それを通りすがりの人が、目が落ちそうなほどに見開いて見つめる。クレセット様はそちらへ視線を向けて、もう一度私の額に触れた。

「出来るだけ早く帰るよ」

「は、はい……ありがとうございます……あら……？」

答え方が分からなくなってしまった。火照る顔を優しいお顔で見つめられては、ますます熱くなる。頭がグルグルしている間に、気付けば私は馬車に乗っていた。

「丁重に送り届けるように」

威厳のある声で命じられても、普段のクレセット様と私を知っている御者は動じない。代わりにクレセット様の後ろで、人々が目を見開いていた。

馬車が走り出すと、ドッと力が抜ける。

「突然お邪魔して、怒らせたかと思ったわ……」

誤解だと分かっているから、この言葉は照れ隠しだ。だって、人前でキスなんて……

向かいに座るサラさんは、私の呟きにニコッと笑った。

「旦那様は、仕事以外では不器用なお方ですので。ですが旦那様がどのような態度であろうと、奥様に関する全ての言動は愛情によるものとお考えください」

「サラさんにそう言って貰えると安心するわ……。当然なのだけど、サラさんは旦那様のことをよく知っているのね」

嫁いだばかりの私と、五年もお仕えしているサラさん。勝負にもならないのは当然だった。

「……ごめんなさい。少し、嫉妬してしまったわ」

「ありがとうございますっ、……いえ、申し訳ありません。出過ぎたことを申しました」

「そんな、私の方こそごめんなさい。サラさんは私なんかに、こんなによくしてくれるのに……」

「私は奥様が奥様だからこそお仕えしております。ご自分を卑下なさる必要はございません」

「サラさん……。ありがとう、私、あなたの言葉に相応しくなれるように頑張るわね」

嬉しくてじわりと視界が滲む。

「では私は、奥様が日々笑顔でいられるよう尽力いたします」

優しく細められる瞳。凛々しくて綺麗なサラさんにそんなかっこいいことを言われると、胸がドキドキしてしまう。憧れのような、アイドルを前にしたような……自然と頬が熱くなる。

「……恋敵は、護衛騎士」

ハッとして呟いたサラさんの声は、車輪の音に消されて私には届かなかった。

◆

「冷酷な伯爵～、すごい噂になってんぜ。彼女に優しくする目的は何だ～ってさ」

ニヤニヤしながら入ってきたセドは、騎士団からの大量の報告書を執務机の上に置く。

「目的？　奴等《やつら》はそんなことも分からないのか」

一番上の束を取り、クレセットは深い溜め息をついた。

「逃がさないためだ」

「うーん、誤解生むな。重罪人を泳がせてる顔だぞ？」

「……私のものだと牽制するためだ」

「獲物感がすごい」

今度はギラリと瞳が光った。報告書を持たせたのがいけなかったかもしれない。

「それより聞いてくれ。メリーナは、私に一目会いたくてわざわざこれを持ってきてくれたそうだ」

報告書を置いて封筒を手に取ったクレセットは、パッと笑顔になる。今までの顔は何だったのかというほど、爽やかだ。

「七日と五時間半ぶりのメリーナだ。感極まって唇を奪わなかった私の理性を褒めてくれ」

「時間まで数えてたのか……いや、まだ唇……ってか純粋に可愛いんじゃなかったのかよ～」

「何を言っている？　愛しているなら、欲しくなるだろう？」

「自覚できたのは良かったけど、なんで俺が責められてんだ」

クレセットの言う欲しいは、唇へのキスのこと。それすらまだの、あまりに可愛い夫婦だ。

「私は、メリーナに会う度に愛しさが増し、一人の男として彼女が欲しいという感情まで芽生えてしまった。だが……」

封筒を置き、目を伏せる。

「メリーナは、私をどう思っているのだろう……」

まだそこかい。ツッコミはグッとこらえた。クレセットは今真剣に悩んでいるのだ。

「屋敷を出る前日は堪えたのだが、先程は我慢が出来ずに許可なく抱きしめ、人前で額に口付けてしまった。……嫌われていないだろうか」

「うーん、そりゃ夫人に聞いてみるしかないよな」

「恐ろしいことを言うな。拒絶されたら私は……お前の家に入り浸る」

「やめて。母さん喜んじゃうからやめて」

以前にクレセットが仕事関係で泊まった三日間は、毎晩酒盛りで寝られなかった。徹夜でも翌日スッキリした顔のクレセットと母は、酒の魔物ではないかと思ったほどだ。

「俺は話したことないから断言はできないけどさ。少なくとも好意は持たれてると思うぜ？」

帰らない夫を不安に思ったか、寂しくなったか。理由はともかく、今まで避けていた人目のある場所まで会いに来るほど強い感情を抱いていることは確かだ。

「……お前が言うなら、そうだと信じたい」

セドは恋をした経験も多く、女心もよく分かっている。だが、逞《たくま》しい体躯と端正な顔立ちの兄と比べられて、弟扱いで終わってしまう。侯爵家の後継者である兄と知り合うための踏み台にもされる。それでも誰を恨むこともなく、兄弟仲も良い。

　勤勉で知略に優れたその兄はといえば、事務方に回るために奮闘している最中だ。それもこれも、宝物のように大切にしている婚約者を未亡人にしないためだという。

「……私は、セドの良さを分かる相手と結ばれて欲しいと願っている」

　セドには剣術の才能と社交性があり、仲間想いの立派な騎士だ。いずれ大隊を率いる器だとクレセットは考えている。人の心が分かり、話も面白く、人として尊敬できる。

「ありがとな。まあ今は俺のことより、お前の恋を応援するよ」

　セドはニッと笑う。こんなにも幸せそうなクレセットを見ていると、いつか自分も、惜しみない愛情を捧げられる、そんな相手と恋をしてみたいと考えてしまう。

「メリーナは明日、教会に行くと言っていた。護衛を、して欲しいのだが」

「護衛はいいけど、夫人の気持ちはお前が直接確かめろよ？」

「……私は、生まれて初めて恐怖を感じている」

　武器を持った大男に囲まれても顔色ひとつ変えないくせに、一人の女性のことで悩んで怯えて、人間らしいクレセットが微笑ましくなった。

「じゃあ、嫌ってないかだけ確認してくるわ。伯爵夫人の護衛ってことで任務依頼書よろしく」

　クレセットは引き出しから紙を取り、ペンを走らせる。セドの所属する隊へ提出する書類だ。

「……いや、本題から先に言えってば」

　依頼書には、周辺貴族からの圧力の有無を調査するようにとも書かれている。その下には詳細も書き込まれ、極秘の印鑑も捺された。

「どちらも本題だ」

「う、うーん……今回は俺から話振ったけどさ……」

仕事を持参しておきながら、クレセットをからかうことから始めた。次からは夫人関係じゃない方から話そうぜ……己にも言い聞かせ、他の依頼書の山と混ざらないよう懐にしまった。

◆

「ラーナ伯爵より命を受け参りました、シュタイン侯爵家のセドと申します。本日は伯爵家の護衛として夫人をお守りいたしますので、どうぞセドとお呼びください」

恭しく一礼したシュタイン令息は、クレセット様のお話とは随分印象が違った。昔からのご友人で元気で明るいお方だと聞いていたのに、落ち着いた男性で、所作も優雅だ。

「メリーナと申します。お忙しいところをお越しいただきありがとうございます。こちらは、侍女のサラです」

サラさんは綺麗にお辞儀をした。

「あなたがマクガヴァン家の獅」

「奥様の侍女の、サラと申します」

「……申し訳ありません、本日はよろしくお願いいたします……」

サラさんの低い声に、シュタイ……セドさんは深く頭を下げる。その理由を聞いてはいけない気がして、別の話題を探した。

「シュタ……セドさん。私は貴族ではなく、ベラーディ領の商家の子女として訪れておりましたので、話を合わせていただけますか？」

「承知いたしました。仮の家名などはございますか？」

「いえ、神父様にはメリーという名前だけお伝えしています」

その他にも、この姿でも暖かく迎えてくれたこと、私が他領の教会を訪れた理由と、最近まで護衛もメイドもいなかったことを神父様はご存知だとお伝えした。

「では私は、今月よりお嬢様の護衛として雇われた平民出身の騎士、でよろしいでしょうか」

「はい。よろしくお願いいたします」

先にクレセット様から聞かれていたのか、紋章もマントもない黒の軍服を着ていた。腰に帯びた剣も、伯爵家の兵が使用しているようなシンプルな見た目だ。

「私は、書店に勤める店員でしたが常連のお客様であるお嬢様と仲良くなりお嬢様のおはからいでメイドとしてお仕えすることになった平民のていでお願いいたします」

サラさんが一息に言いきる。

「ですがマクガヴァン令嬢、平民にしては」

「サラです」

「サラ……令嬢」

「サラとお呼びください。平民ですので」

「サラ、平民の眼力じゃないですよ」

「敬語は必要ありません」

「ええっ……」

ハキハキと答えるサラさんに、セドさんは押されっぱなしだ。

「サラさんは何を着ても綺麗だから、隠しきれないわね」

今日は外出用の紺色の服で、装飾品はない。それでも凛とした佇まいが高貴さを漂わせていた。

「……身に余るお言葉」

ぽそりと呟いて、サラさんはバッと身を翻して扉へと向かう。

「奥様。馬車の用意が出来たようです」

「では、行きましょうか」

サラさんの可愛い照れ隠しに、緩む頬を抑えて立ち上がる。サラさんの耳が赤くなっていたことには、気付かないふりをした。

(……セドさんに幼い頃のクレセット様のお話を聞きたかったのに)

お忍び用の馬車は、サラさんと二人でも重量オーバー寸前。馬たちと車輪にも負担をかけているから、早く痩せないと……また新たなダイエット目的が追加された。

「あっ、メリーだ！」

無事に教会に着き、馬車から降りると、外で遊んでいた子供たちが迎えてくれた。

「みんな、元気だった？」

「うん！」

私たちの声を聞いて、教会にいた子たちも出迎えてくれた。

「メリー。あのおにーちゃんとおねーちゃん、誰？」

私の後ろに隠れて、二人を見上げる。

「私はメリーお嬢様の護衛で、彼女はメイドさんですよ」

「えっ!?　メリー、ほんとにお嬢さまだったんだ!?」

子供たちは目をキラキラさせた。

「だから言ったじゃん！　メリーはおじょーさまだって！」

「だって、お嬢さまがぼくたちと遊んでくれるわけないって！」

「メリーをほかのお嬢さまと一緒にしちゃダメだってば！」

賑やかな声は、言い合いに変わってしまう。この前訪れてからそんなに時間は経っていないのに、懐かしくて目頭が熱くなった。

「みんな。私とは、お話ししてくれないの？」

「する！」

「メリーとおはなしする！」

言い合っていた子供たちは、パッと笑顔になって私の手を握ってくれた。

「奥……お嬢様、素晴らしいです」

「子供の喧嘩を怒らず一声で止められるなんて……」

サラさんとセドさんは驚いた顔をする。あまり子供と接する機会がないのかもしれない。

「仲良くなれるまで、時間はかかったのよ。でもみんな素直でいい子たちだから、仲良くなりたかったの」

子供たちは、大人のように陰湿な言い方はしない。お嬢様なのに太ってる、ぷよぷよ、と、はっきり言われて落ち込みはしたけれど、ごめんねと謝ってくれる子もいた。その子たちにねだられて本を読んで文字を教えているうちに、他の子たちとも仲良くなれた。

「お嬢様は、本当に懐の深いお方です」

サラさんは優しく微笑んで、セドさんも頷いてくれる。セドさんは最初から不快な顔をせず接してくれた。クレセット様のご友人に嫌われなかったことに、私は心の底から安堵した。

子供たちに手を引かれて入口に向かうと、神父様がこちらを見守っていた。

「メリーさん、お久しぶりです。お元気でしたか?」

「ご無沙汰しております、神父様。私はこの通り元気です。神父様もお変わりはありませんか?」

神父様は、四十代半ばの落ち着いた男性だ。すらりとした体躯に、肩までの黒髪。新緑のような緑の瞳は、向けられるだけで心を癒してくれる。変わりないと紡ぐ声も優しく、父親の愛情とはこういうものだろうかと思わせる響きがあった。

「そちらの方々は、初めてお会いしますね」

「先月よりお嬢様にお仕えしております、サラと申します」

「セドと申します」

セドさんは先程より少し崩した礼をする。ピンと背筋の伸びたサラさんを見て、平民出身のていでしたよね？　と言いたげな視線を私に向けた。

「二人ともお会いして日は浅いですが、とても良くしてくださるのですよ」

「そうでしたか。良いご縁に恵まれましたね。メリーさんの信仰心に、主もお応えくださったのでしょう」

神父様は柔らかく微笑んでくださった。

「私が申し上げることではありませんが……サラさん、セドさん。メリーさんを、よろしくお願いいたしますね」

「命に代えてもお守りいたします」

凛としたサラさんの声。護衛より先にメイドが命を懸けてしまった。複雑な顔でサラさんを見つめるセドさんにクスリと笑うと、神父様は優しい瞳でこちらを見守っていた。

「お嬢様、サラ令……サラ。私は神父様とお話がありますので、少々失礼し、……するよ」

（セドさん、口調が大変なことになってるわ……）

凛々しいサラさんを呼び捨てにできない気持ちは、私もよく分かるわ。そんなセドさんと神父様が別室へ入るのを見届けたところで、サラさんが力なく呟いた。

「奥様……神父様は、ご結婚は……？」

ご結婚……？

「サラさん、あの……神父様は、ご結婚はできないの」

「……あまりの衝撃に、失念しておりました」

深く息を吐き、顔をうつむけた。こんなサラさんは初めてだ。

「あのお方から、父に似た包容力を感じました。筋肉はさほどないというのに、あの安心感は何なのでしょう……」

お相手が神父様でなければ、応援したいのだけど……

「父のような筋肉もなく、剣の腕どころか剣を持たず髭もなく濃い顔でもなく快活な笑顔でもない。子供をあやすために空高く投げることもできないでしょう。それなのに、何故こんなにも安心感があるのでしょう」

ついサラさんのお父様の姿を想像してしまう。とても逞しくて快活なお方なのね。

「私は安心感を……包容力を重視しているのか……。己のことも分からず、私は恋愛小説を……」

空高く投げられても絶対に受けとめてくれるという、それは一朝一夕で得られる信頼感ではない。信頼から生まれる安心感と包容力なら、相手を知るうちに得られるものだ。サラさんに必要なのは、きっと、たくさんの人と接すること。

「サラさん。それはこれから知っていけばいいのよ。心が感じたことを、少しずつ考えていきましょう」

考えて、それでも神父様をお慕いするなら、私は……

「奥様……ありがとうございます。この感情と向き合い、納得のいく答えを出したいと思います」

サラさんはしっかりと顔を上げ、強い瞳で扉を見据えた。

私が子供たちに勉強を教えている間、サラさんは神父様とお話をしていた。恋心か、年上の男性への憧れか、私には分からないけれど……もしお二人が同じ想いを抱くなら、私は応援したい。

（でも神父様は……全ての人を、子供のように愛してくださるのよね……）

神が人の姿で降り立ったなら、神父様のようなお方だろうと思うほどに。

セドさんも察したようで、サラさんへどこか心配そうな視線を向けながらも、声をかけることはなかった。そのうちに子供たちに肩車をねだられて、最初は戸惑っていたセドさんもすぐに打ち解けたようだった。


数刻後。教会を出て馬車に乗ると、サラさんは淡々と告げた。

「奥様。恋心と憧れと安心感の境界線が見極められませんでした。今後も答えを求めて探求と鍛練をいたしますが、あちらに全く脈がないということだけは分かりました。そして同時に、奥様に対して一切の害のない場所だと、旦那様へ報告できます」

きっと初めての恋なのに、神父様の気持ちを感じても、侍女としての務めを果たそうとしてくれる。どう声をかけるべきか考えあぐねていると、サラさんはそっと微笑んだ。

「あの方は、神に仕える者の鑑でした。信念があるからこそ私は惹かれたのだと思います」

真っ直ぐな瞳で前を見据えるサラさんは、とても美しかった。

サラさんのために私は何ができるだろう。幸せになってほしい。そのために私ができること……

「奥様と旦那様の仲睦まじいお姿を拝見できればと」

「ごめんなさいっ、声に出ていたかしらっ」

「私のために悩んでいただけたならば、この上ない幸せです。ですが私の心は私が決めるもの。今回のことで学びました」

「サラさん……」

「欲を申しますと、参考までに奥様と旦那様の仲睦まじいお姿を一日中おそばで眺めさせていただきたいです」

キリッと表情を引き締めるサラさんに圧されて、「分かったわ」と口からこぼれる。サラさんのためなら、なんでもしてあげたい。私、頑張るわ。

「お聞きしていた通り街へ向かうよう御者に伝えましたが、どのようなものをお探しでしょうか」

「その……旦那様に、プレゼントを買いたいの」

プレゼント、と向かいに座るサラさんが身を乗り出す。

「お仕事中でも邪魔にならないカフスか、ペンを考えているわ。実家から持って来られたお金が少なくて、今の私にはそのくらいしか」

「奥様の私財からお出しになるのですか？」

「ええ。最初のプレゼントですもの。私が働いて得たお金で買いたいの」

「働いた……？」

公爵家では普通のことで、うっかりしていた。誤魔化そうとしても、サラさんは本当のことしか許してくれなさそうだ。

「あまり自由になるお金がなかったから、乳母のお手伝いをして……働いたといっても、お小遣いね。肩を叩いたり、繕い物をしたり、本の要点をまとめて乳母に教えたり、そういうものよ」

七歳頃に乳母に髪留めをプレゼントした時、涙を浮かべて喜んでくれた。いつかお金を貯めて大きなプレゼントをしようと思っていたのに、私はそんな大切なことも忘れていた。ばあやに、とても愛されていたのに。

「今思えば、それも勉強だったのね。本の内容を乳母に教えるには、私がしっかり理解していなければできないもの」

「乳母殿は素晴らしい教育者だったのですね。今はどちらに？」

「……分からないわ。五年ほど前に、私がわがままを言って追い出してしまったの」

「奥様が？　記憶違いか、公爵の罠では？」

「公爵が関与していたかは分からないけれど、あの頃の私は食べることに執着していたから……ばあやなんて嫌い、どっかいっちゃえ。そう言ってしまった。

「酷いことを言ったの。私が追い出したも同然よ」

「大変失礼ながら、冷遇されていらした奥様への教育を親身にされていた乳母殿が、それほどあっさりと出て行くものでしょうか？」

サラさんの疑問に、私も違和感を覚える。幼い頃から乳母はそばにいた。私の元にいても損しかないのに。癇癪を起こした子供に嫌いと言われて出て行くなら、とうの昔に出て行っている。

「唯一私に優しかったから、公爵が追い出してしまったのかしら……」

「乳母殿が、奥様の血縁の可能性は」

「それはないわ。私が産まれた頃は、首都の別のお屋敷に勤めていたもの」

サラさんが考えているのは、乳母が私の実母である可能性だろう。私も、もしそうならと考えたことがある。でも幼い頃に乳母に連れられて街で会った女性が、前のお屋敷のことを話していた。夫の転勤についていくためとはいえ、あなたが公爵家に異動になって寂しいと。

「きっとどこかで旦那さんと仲良く暮らしているわ」

そう信じたい。……公爵が、わざわざ乳母を手にかける理由はないのだから。

「サラさん。プレゼントはカフスにしようかしら」

これ以上乳母のことを思い出すと泣いてしまいそうで、話題を変えた。

「でも私、クレセット様のお好みを何も知らないのよね……。こんなによくしていただいているのに……」

「奥様。それは、これから旦那様のことをたくさん知っていけるということです。その度に惚れ直すことも出来るのです」

それは、とても楽しみで、幸せなこと。クレセット様のことを考えると、馬車の外を流れる景色が鮮やかに色付いて見えた。

街に着くと、クレセット様がよく訪れるお店に案内してくれた。サラさんが店の人に伝えると別室へ通され、次々に箱が運ばれてくる。

「奥様。ひとつご提案があります」

私はこんなお買い物は初めてで、内心ではハラハラしている。サラさんもセドさんも慣れているようで、普段通りだった。

「仲睦まじい恋人や夫婦は、お互いの髪や瞳の色をしたものを身につけ、離れている間も互いを想うそうです」

「離れている間も……」

今がまさにそうだ。これから先、同じように会えない日々が訪れるかもしれない。そう考えると、視線が自然とひとつの箱に惹き付けられた。

「……これにしようかしら」

私は、淡い青紫のカフスを選んだ。私の瞳のように周囲に向かって紫が濃くなっていないけれど、それでも私の瞳に似ていると感じた。

「髪色だと旦那様の瞳に似ていて、気付いていただけないかもしれないから……」

このカフスならきっと、気付いていただける。

「……ごめんなさい。やっぱり違うものにするわ」

ふと思い至り、別の色を探した。

「私たち、仲睦まじい夫婦ではないもの」

「「!?」」

「旦那様があまりにお優しいから勘違いしていたわ」

「えっ、いえ、夫人っ。伯爵は夫人のことが大好きですよ？」

「ありがとう。でも……旦那様はまだ、私のことをあまりご存知ないもの。知っていくうちに嫌われるかもしれないでしょう？」

私はクレセット様の全てを知っても、嫌うなんてありえない。でもクレセット様は違うかもしれない。前世の私が恋人のためにたくさん悩んで選んだプレゼントは、私の死後、きっと捨てられてしまったのだろう。クレセット様へ贈るプレゼントも、嫌われれば捨てられてしまう運命だ。

(クレセット様は、彼とは違うけれど……)

「こっちもか～」

「……こちらで詳しく」

サラさんがセドさんを連れて部屋から出て行く。店の人と二人になった私は、大量のカフスを前に、また一から悩み始めた。

「セドさん、買い物にまで付き合わせてしまってすみません」

「いえ。むしろ真剣に悩まれる夫人を拝見できて安心しました。強引な結婚でしたし、あいつは性格もあれですから誤解されてないか、と……」

セドさんは少し砕けた口調で笑い、ハッとして口を閉ざす。今のセドさんの方が親しみやすくて、頬が緩んだ。

「誤解だなんてそんな……クレセット様には、感謝しかありません。私の恩人ですもの」

「恩人、ですか」

「……できることなら、恩を返せる日がきた後も、ずっとおそばにいたいと願っておりますが」

初めてお会いした日に、天寿を全うする日までおそばにいると誓った。それでも……クレセット様と過ごす度に、素晴らしい人だと思う度に、不安になっていく。

（私は、平凡な人間だから……）

いつか興味を持たれなくなるのではと怯えてしまう。メリーナの記憶だけではなく、私には前世で愛されなかった記憶がある。愛した分だけ疎まれた記憶と、あっさりと捨てられた記憶が。

今のクレセット様なら、このプレゼントをきっと受け取ってくださる。もしこの先、嫌われてしまっても……このプレゼントだけは捨てずにいてほしい。奥にしまって忘れてしまってもいいから、私のこの気持ちを、時間を、捨ててしまわないでほしい。そう、願ってしまう。

「すみません、重いですよね。クレセット様には内緒にしててくださいね」

笑って誤魔化すと、サラさんとセドさんは顔を見合わせた。

「こちらもです」

「ですねー……」

そう言って二人は頷いた。

「奥様、ご安心ください。旦那様の方が重いです」

「そうですよ。その言葉を直接伝えてやってください。泣いて喜びますから」

「夫婦になられてから始まる恋愛も美味し……微笑ましいですが、まずはお気持ちを伝えるところから始められては？」

「特にクレセットは、言葉にしないと分からない男ですからね」

二人はそう言って励ましてくれた。

「二人とも……。ありがとうございます。いつか言えるように、頑張りますね」

努力でどうにもならないこともあると知っているから、臆病な今の私には、それしか言えない。

そこで突然、聞き覚えのある声がした。

「あら、お姉さまじゃないの」

認識するより先に、身体が強張る。

「……リリア」

ふわりと揺れる桃色の髪。淡い赤紫の瞳が向けられ、咄嗟に顔をうつむけた。

(どうして……まだこんなに怖いの……)

もう大丈夫だと思っていた。今の私には心配してくれる人たちがいる。私はもうリリアのことは怖くない。……はずだった。それなのにリリアを前にするだけで身体が震え、息ができなくなる。

「奥様、行きましょう」

サラさんが私を支えてくれる。セドさんは、私の前に立って庇ってくれた。

「やだぁ、男性の後ろにいるのに、お姉さまが見えるわ」

クスクスと笑う声。

「あなたも大変ねぇ。お仕事だから仕方ないでしょうけど、可哀相だわ」

リリアは憐れむ声をセドさんにかける。リリアは、セドさんまで欲しがるの……？

そう思っていたら、セドさんは一歩後ろに引いて私の手を取った。

「夫人。参りましょう」

「えっ、うそ、触れるの？」

リリアは私にもセドさんに対しても失礼なことを言う。

「……私には、仕方なく付き添っているふりをお願いします」

二人の優しい手に支えられて、気持ちを落ち着けた。

リリアが怖い。それでも、私は、今までの私じゃない。

「優しいお方ね。お姉さまったら、お義兄《にい》さまにまでご迷惑おかけしてない？　昔からどんくさくて何にもできないんだから」

男性なら、こんな体型の私を蔑むと信じている。だからこんなことを言えるんだ。

「せめてお邪魔にはならないようにしなきゃ、ね？」

私を上から下まで見て、クスリと笑った。

「そうだわ。お義兄《にい》さまはご一緒じゃないの？」

「お言葉ですが、夫人は公爵家から除籍されております。よってラーナ伯爵は、ご令嬢の兄には当たりません」

サラさんが懐から何かを出そうとした瞬間、セドさんが淡々と言い放った。

「っ……そうだったわね。もうお姉さまでもなかったわ」

セドさんの面倒臭そうな声は、仕えているのは私ではなく、あくまで伯爵だという印象をリリアに与えた。

「伯爵はあなたなんかに護衛を付けて、大事にする深ぁい理由でもあるのかしら？」

「愛ですが」

サラさんが私たちにしか聞こえない声で呟いた。公爵家ではリリアの声を聞くと震えながら謝罪の言葉を繰り返すしかできなかった。でも今は、サラさんの言葉に笑いそうになることができる。

サラさんに促されて馬車へ向かおうとすると、突然、怒鳴り声が響いた。

「メリーナっ！　貴様またリリアに危害を加えるつもりかっ！」

「殿下っ、いいのですっ、全ては私が悪いのですっ」

「リリアっ、また何かされたんだな？　怖かっただろう？」

このやり取りも何度見たか分からない。その後に続く言葉は。

「美しいリリアに嫉妬など、外見だけでなく心まで醜いなっ！」

いつもこれだ。何をされたかも聞かない。一緒にいるだけで、私がただ叱責されて罵られる。こんなくだらないことで、あの頃は私が悪いのだと思い込んでいた。

「……私は、殿下に関してリリアに嫉妬したことなどございません」

早く立ち去りたい。でも、これだけは訂正したい。メリーナは、応援してくれる妹をずっと信じていた。ずっと自分が悪いのだと思い込んでいた。嫉妬なんてするはずがない。

「貴様っ……反省どころかまだリリアを侮辱するのかっ！」

「侮辱した覚えもございません」

私ははっきりと答えた。指先は冷たくなり、震えている。それでもまっすぐに殿下を見据えた。

手を上げられようとかまわない。ここは往来。ここまでのやり取りも大勢の人が見ている。女性に、それもラーナ伯爵の妻に手を上げれば、いくら王太子でも全くお咎めなしとはいかない。

「貴様っ……！」

「いいのですっ、私が悪いのですからっ」

「リリアっ……」

手を出す気配を感じたのか、リリアが本気で止め始める。リリアの方が、殿下より状況を理解できていた。

「お話し中失礼します。旦那様が奥様をお待ちですので、失礼いたします」

「話はまだ終わってないぞ！」

「ではラーナ伯爵には、王太子殿下がお引き止めになられたので遅れた、と申し上げます」

セドさんが鋭い視線で殿下を見据えると、殿下は小さく悲鳴を上げた。

「えっ、殿下っ？　待って、殿下ぁっ！」

踵を返して駆け出す殿下を、リリアはパタパタと追いかけて行った。

「あー、行った行った」

「あれは仮にも王太子ですが、大丈夫ですか？」

「大丈夫ですよ。帰る頃には俺の顔も忘れてるでしょ」

茶化すように言うセドさんを、サラさんは無言で見つめる。その圧に負けて、すみません、と苦笑した。

「伯爵家に仕える使用人が、主人を待たせる理由を確認した事実しかありませんから。それに殿下はクレセットに直接文句を言う度胸も、偉大なお父上に告げ口することも出来ませんって。何故そんなことになったか問い詰められて怒られるって分かってますからね」

「……さすがは、旦那様のご友人です」

二人は小声でそんな話をする。シュタイン侯爵家にまで迷惑をかけるのではと血の気が引いたものの、セドさんの言葉で安堵した。

「あの……お二人とも、庇ってくださってありがとうございました。巻き込んでしまって申し訳ありません……」

リリアが現れた時に震えずに立ち去っていれば、殿下に会うこともなかった。それに。

「私が言い返したせいで……」

「ラーナ伯爵夫人なら、黙っていられませんよね」

セドさんはニッと明るく笑う。

「聞いてたより遥かに強いお方で、ますます安心しました」

そう言って私の手を取り、馬車に乗せてくれる。

「夫人とはこれから長いお付き合いになりそうです。どうぞ末長くよろしくお願いいたします」

「っ……はいっ、よろしくお願いいたしますっ」

クレセット様のご友人に、妻として認められた。嬉しくて、再び差し出された手を握り返す。セドさんもぎゅっと握ってくれた。

「末長くなさりたいのでしたら、奥様に触れてはなりません」

「ですよね～。あいつの嫉妬すごいもんなぁ……じゃなかった。申し訳ございません、夫人」

「いえ、こちらこそ」

「奥様。出発いたします」

淡々と言い放ち、サラさんは扉を閉めてしまった。


ゆっくりと走る馬車。窓を開けているから、馬で併走するセドさんとも会話ができた。

「奥様。あの二人、生かしておいてよろしいのですか？」

「サラさん。滅多なことは言わないのよ」

クスクスと笑ってしまう。普通のご令嬢は、笑うところではないわね。

「大変失礼ながら、夫人は、殿下を愛しておられたのですか？」

周囲に人がいないことを確認して、セドさんが問う。

「……思い返してみたら、愛したことはありませんでした」

私の答えに、二人は目を丸くした。

「婚約者だから愛していると、思い込んでいたのです。殿下には、私がまだこの体型ではない頃から冷たく当たられていました。愛する要素など、思い当たりません」

太ってからの罵倒が酷くて、この体型のせいだと思い込んでいた。私が悪いのだとずっと自分を責めてきたから、昔のことなど忘れてしまっていた。

(昔……)

ふと脳裏をよぎった光景。殿下に憧れを抱くよりずっと昔に、胸が暖かくなる想いを感じた……そんな優しい記憶すら、忘れてしまっていた。でも……淡くて眩しい思い出は、そっと胸にしまう。今の私には大切な旦那様がいて、やるべきこともあるのだから。

「想いはもう少しもありません。ただ、殿下とリリアが馬鹿にしたこの見た目を変えて、見返したいというだけです」

リリアには身体も傷つけられてきたけれど、同じように傷つけようとは思わない。それではリリアと同じになってしまう。

「その日までは、あの二人の……私を嘲笑った人たちの前では、誰からも愛されないメリーナのままでいたいのです」

セドさんに、仕方なく付き合っているふりをしてほしいと頼んだのもそのためだった。

「奥様、なんとラーナ夫人に相応しいお考えでしょう」

「最大の結果を残すために時期を待つ。計画的ですね」

二人とも感嘆の溜め息をつく。私がぼんやりして見えるからかしら。

「リリアは、私が何かの計画に利用されているると思っているようね……これも使えるわ」

「夫人が王城に来られた日から、周囲が勝手に誤解してくれてますよ。あの伯爵が優しく接するなら何か目的があるはず～だそうです」

「そうなのですか？　ではそのままでお願いします」

用済みになれば追い出されると、そんな噂まで立てばむしろありがたい。

「クレセットが優しく接する目的は、何だとお考えですか？」

「クレセット様がお優しいので、優しくしてくださるのだと思います」

最初の日こそ、何か目的があるかもしれないと思っていた。でも、今は。

「……好きだとおっしゃってくださるお言葉を、信じています」

いただいたお言葉は、全て宝物だ。いつか私のせいで嫌われてしまうとしても、今のクレセット様の優しさを信じている。

ふと見ると、サラさんとセドさんは満面の笑みを浮かべていた。

「あっ、あのっ、そういえば、リリアたちはどうしてこんな時間に外にいたのかしらっ？」

顔が熱くなって話題を変えた。でも本当に、公務やお勉強があるのに、何故二人で買い物を？

「殿下は、結婚式の準備という名目で公務をしていませんし、リリア……嬢も同様です」

「え……？　あの子、王太子妃教育を受けていないのですか？」

殿下の公務放棄は今に始まったことではない。でも、リリアの方は。

「結婚式では、国賓の方々のおもてなしをしないといけないのに……」

「夫人は、王太子妃教育をお受けになっていたのですか？」

「いえ……乳母が本を見ながら教えてくれた知識だけです。それでも、半年や一年で身につくものではないと分かります」

今後の公務はもちろん、結婚式や披露宴には王族としての礼儀作法がある。招待客の情報や、各国の言語を覚えることも必須だ。下手をすれば外交問題にもなりかねない。

「どのような内容が書かれた本でしたか？」

「王族の公務と礼儀作法など基本的な内容です。書店で見つけたと言っていました」

セドさんは前を見据えたままで何事か考え込む。

「きっと式では陛下が、二人に優秀な人間を付けるでしょう。他国の客を怒らせて戦争にでもなったら笑えませんから」

「そ、そうですね……」

笑顔で言うことではないのだけど……セドさんも国防を担う軍人なのだわ。

◆

メリーナを屋敷まで送り届けたセドは、クレセットの執務室に直行した。

「ひとまずリリアって令嬢、消してきていい？」

「……駄目だ」

輝く笑顔で言うセドに、クレセットは一瞬反応が遅れた。

「まさか、会ったのか？」

「ああ。街に寄った時に、殿下も一緒にバッタリな」

その瞬間、クレセットから殺気にも似た怒気が放たれる。だがすぐに収めて眉を下げた。

「……メリーナは」

「妹に会った時はつらそうだった。でもさ、王太子相手に言い返してたぜ。負けっぱなしじゃないとこ、かっこよかったよ」

熱くならず淡々と言い返すところが、ラーナ家の夫人に相応しかった。

「……帰る」

「俺もそれがいいと思うけど、大丈夫か？」

「ここまで終われば、後は朝までにやればいい」

もうすぐ担当者が取りに来る書類と、数時間後に必要な書類だけを目の前に積んだ。

「……俺は手伝えないやつか」

ざっと見たところ、クレセットの指示待ちの分だ。セドの気遣いに、ふっと頬を緩める。

「お前ほどの出来た人間から、女を消す話が出るとは予想外だった」

「あー……まあな。お前が嫌いな女の要素、全部詰め込みって感じだったわ」

積まれた本のひと山をテーブルに移し、セドはソファに座る。クレセットは書類に目を通しながら会話を続けた。

「ああ。悪女だろうと、気高さがあればそう悪くはない。だが、徒党を組んで弱者を攻撃する者や、他人を貶めることだけを目的として振る舞う者は醜さが際立つ」

クレセットの知る、悪女と呼ばれる者。派手なドレスと化粧、ギラギラした爪と不敵な笑み。カツカツと高いヒールを鳴らし、嫌味を振り撒いて歩く彼女たちは醜いとは思わない。そして大抵そういう女は、クレセットに興味がない。危険なものは避ける、賢い女だ。

「お前から夫人のこと聞いてたけどさ、妹側の視点からも合わせて、平等に判断したいって思ってたんだよ。……平等に見ても、あの妹は、消したいな」

セドが女性をここまで言うのは珍しい。

「女同士の喧嘩に男が口出すもんじゃないけど、あれはあんまりだ。男を便利に使ってるのも、見てて気持ちいいもんじゃないし」

王太子の背後にいた者たちが抱えていた、大量の箱や袋。あれはリリアが王太子に買わせたものだろう。見た目だけならふわふわして庇護欲を掻き立てられる女性に見えた。だが上目遣いに見つめられ、こうして男を落としているのかと思うと、嫌悪感が込み上げた。

「そもそも姉の婚約者に手を出すとか、婚約者の妹といちゃつくとか、……お似合いっちゃお似合いなのか？」

セドの怒りは収まらない。ブツブツ言うセドに、クレセットは目を伏せた。

「メリーナは、妹が成人するまで王太子を家に繋ぎ止めておくための駒だと考えていたのだが」

「はっ？」

「だが、可愛がっている妹の方をあの王太子の元に送るとは思えず、ずっと引っ掛かっている」

王太子はあの性格な上に、頭も大分良くない。顔と地位だけが取り柄の男だ。

「普通は妹の方をそばに置いて後継者となるまともな婿を取り、王家と縁を繋ぐためにメリーナを王太子に嫁がせようと考えるのではないか？」

「あー……妹が王太子妃になりたいって言い出して、公爵が折れたってところか。王太子が先に惚れたかもしんないけど。ベタ惚れっぽかったしなあ」

「それほど妹が可愛いからといって、メリーナを……実の娘を、あれほど恨めるものなのか？」

出生証明書で実子であることは確認している。クレセットが父母に聞いたところ、昔社交界で見たメリーナの祖母は、水色の髪と瞳をしていたという。

「公爵は母親と仲が悪かったんだろ？　つっても、娘に腹いせとか……いや、公爵ならやりかねないかもな」

親が必ず子を愛するとは限らない。騎士団でもそういう事件を何度も扱ってきた。

「事実を知るためにもメリーナの乳母殿の行方を追っているが、足取りが掴めない」

「それって……」

「生きてはいると、信じたいが」

最初はただ礼を述べたくて探していたが、こうも見つからないとは。

「……夫人がさ、乳母が書店で買ってきた本で、王太子妃教育を受けたって言ってたんだ」

セドの言葉に、クレセットはピクリと眉を上げる。

「王族の公務とか結婚式の礼儀作法とか、式典のこととかも結構詳しく知ってた」

「その本を、書店で買っただと？」

誰もが買える本には、そこまで詳しくは書かれていない。王族の安全面を考慮してのことだ。

「乳母殿が何者か、より……」

「考えたくはないけど、夫人を何かの計画に利用するつもりで教育してた可能性も出てきたな」

メリーナのためには、優しい思い出のままにしておきたい気持ちはある。だが、足取りが掴めない以上、警戒しないわけにはいかなくなった。

今後の対策についていくらか話をし、セドが騎士団に戻って間もなく、サラが訪ねてきた。

「旦那様。王太子殿下を消してきてもよろしいでしょうか？」

「……駄目だ」

セドと示し合わせたように、こちらのターゲットは王太子だ。

「必ず仕留めます」

獣のようにギラッと瞳が光る。セドには良識がまだ残っていたが、サラは王族だろうと関係ない。むしろ親玉から叩くタイプだった。

「王太子が消えれば、陛下の弟が継承権を得る」

「……そちらを先に消しましょうか。その子息も」

「最低五人は消すことになるぞ。王族が綺麗に消えれば、疑われるのはまず我が家門だ」

そんな物騒な仕事はしていないが、社交界では王家にまつわる完璧な仕事は全てラーナ伯爵家が関わっていると噂される。

「では、敢えて下手な毒殺でも」

「証拠を残すつもりか？」

完璧にやり遂げても、杜撰な犯行でも、どちらにしろ疑われる。

「考えて物を言え。私が、実行していないだろう？」

その言葉でサラは納得した。

「やるにしてもメリーナが復讐を遂げてからだ。それに……苦しまずに死なせるのは、勿体ない」

「それもそうですね」

ニヤリと笑う二人は、とても真っ当な仕事をしている者には見えなかった。

「それまでに解決策を見つけなければな。あの男以外が王位につけば、戦争が起こる」

欲深い王弟とその子息が王位につけば、まず軍事力の劣る国に攻め入るだろう。それならまだ、幼い頃から甘やかしてくれる宰相に全てを丸投げする王太子の方がいい。

「王女殿下方に継承権が与えられれば解決ではありますが……この国はまだその基盤が出来ていないことが悔やまれます」

「男にこだわる不毛さは王太子で実証しているのだがな。能力のある者が上に立つべきだと、この国はいつ理解するのだろうか」

クレセットは肩を竦めた。

「二時後に、一度屋敷に戻る。メリーナに伝えてくれ。そこの中から着替えも頼む」

サラが来たならついでにと指示する。この部屋にはクローゼットとバスルームがある。メリーナを迎える前は、ここに泊まり込むことが日常だった。

「奥様のお好きな香水もお出ししますねっ」

「……滞在は半刻だ」

「……半刻、ですか」

明らかに高揚した様子だったサラは、手に取った服をスッと戻し、第一印象でスマートさを出せるベストとジャケットを手に取った。

◆

短時間だけど戻られると聞いて、私はサラさんに言われた通りに部屋で待っていた。すると靴音が響き、勢いよく扉が開く。

「クレセット様、お帰りなさいませ」

言い終わるとほぼ同時に、きつく抱きしめられた。

「あのっ、クレセット様っ」

「会いたかった……」

「っ……私も、……です」

心臓がドキドキして止まりそうだ。それに気付いてくださったのか、クレセット様は私の手を取ってソファに座らせてくれた。

「セドから聞いたよ。妹と王太子に、会ったと」

もしかして、心配して帰ってきてくださったの……？

「私が奴等の動向を探っていれば……」

「お気遣いありがとうございます。ですが、私は大丈夫です」

「私の前では強がらなくていい。私にだけは、君の全てを預けてほしい」

「クレセット様……」

「私たちは、夫婦なのだから」

そっと手を取られ、両手で包み込まれる。抱きしめられる時とはまた違う安心感。ご迷惑をかけてしまうのに、心が溶かされていく。

「……本当は、怖かった、です。今までの記憶は、そう簡単には消えてくれませんでした……」

怖かったと、ただ誰かに聞いて欲しかった。

私は大丈夫。その言葉で隠してきた痛みを、傷を、……ただ、痛かったねと言ってほしかった。

「怖かった……」

視界がにじむ。今までの記憶が溢れてきて、次々に涙がこぼれた。涙を拭おうとすると、そっと髪を撫でられる。

「我慢しなくていい。君が心を殺さずにいられるよう、そのために私はここにいるのだから」

「クレセット様……っ」

優しく微笑まれては、もう、溢れる涙を堪えきれなかった。

たくさん泣いて、涙が収まっても、クレセット様は私を抱きしめて背を撫でてくださっていた。

「サラさんとセドさんが庇ってくださって、今の私は独りではないと勇気を貰えました。それに、クレセット様がいつも私を大切にしてくださるから、今の私は、幸せです」

私にはもったいないほどの幸福。今でも朝目覚めた時に、夢じゃないかと不安になるほど。でもクレセット様が、言葉で、優しさで、抱きしめて、現実だと教えてくれる。

(とても、いい香りがするわ)

柑橘系の爽やかさの中に、バニラのような、焦がしたシュガーのような大人の甘さがふわりと重なる。それでいて石鹸のようなホッとする香りも隠れていて、とても好きな香りだった。

(甘い香りも似合うのね)

クレセット様は今まで香水を付けていることがなかった。だからといって、移り香だろうかと疑う気持ちはない。きっとサラさんが、私の好きな香りを分析していたのだ。

私の好きな香りだから付けてきてくださった……なんて、自意識過剰かもしれないけれど。でも本当にいい香りで、擦り寄ってしまう。夜だし化粧もしていないから……

「あのっ、クレセット様に、お渡ししたいものがっ……」

私はハッとして、準備していた箱を差し出す。あまり時間がないのだった。

「いただいたご厚意へのお返しにはとても足りませんが、感謝の気持ちを込めました」

「私に……？」

クレセット様は箱を見つめたまま動かなくなった。しばらくしてゆっくりと手に取り、掛けられたリボンを丁寧に解く。

「君の瞳と、同じ……」

結局私は、この色にした。未来がどうなろうと、私を今大切にしてくださるクレセット様に、想いを伝えたかったから。

「クレセット様っ？」

そっと箱をテーブルに置いたクレセット様に、頬や額にキスをされる。頭を抱きかかえるようにして抱きしめられ、つむじの辺りにも柔らかな感触があった。

（クレセット様、結構鍛えていらっしゃるのね……）

頬に当たる、しっかりとした筋肉。ムキムキではない綺麗な付き方。胸元に抱き込まれているから、これは不可抗力だ。

「っ……すまないっ」

「いえ、あの、喜んでいただけて嬉しいです」

バッと引き離され、私は頑張って笑顔を作った。顔は絶対真っ赤だけれど。

「歓喜のあまり、我を忘れた……申し訳ない」

「私はクレセット様の妻ですので、謝罪されることはありません」

「だが、君の嫌がることはしたくない」

「嫌ではありません。……その、頬や額へのキスは、親愛の証でもあります、ので……」

「ああ、家族でもすることだったな。私と君は家族だから、そうだ、家族だ」

恥ずかしくなって言い訳のようなことを言ってしまったら、クレセット様もどこかしどろもどろになる。

「……メリーナ」

「はいっ」

「素晴らしいプレゼントを、ありがとう。大事にする」

クレセット様は箱を手に取り、とても優しい瞳で私を見つめた。

それからほんの少しお話ししただけで、ノックの音が響いてしまう。

「……そろそろ戻らねば」

「あ……お忙しい中で、ご迷惑を……」

謝ろうとして、思い直す。

「とても嬉しかったです。ありがとうございました」

クレセット様はきっと、迷惑だなんて思っていない。優しくて、愛情深いお方だから。伝えるのは謝罪より感謝。心からの感謝と喜びを込めて笑ってみせると、今度は目元にキスをされた。

◆

「メリーナ……」

深夜の執務室。この喜びを聞いてくれるセドはいない。

「家族……家族、か」

喜びを噛み締めるように呟き、書類の山を捌いていく。

「妻……」

ピタリと手を止めた。

「そうか、嫌ではなかったのか」

抱きしめて、キスをしても。

親愛の証でもあるから。

親愛。親愛か。

そこに夫婦としての愛情は、あるのだろうか。

「この色を贈るのは、そういう意味では？」

執務机の引き出しを開け、箱を取り出す。この散らかった部屋では失くしてしまいそうで、引き出しを一段空にしてそこに大事にしまった。

「仲睦まじい夫婦や恋人が、互いの髪や瞳の色を身につける……だったか」

両親が持っていた指輪。その意味を母から何度も聞いていた。いつか贈られた時に、これだけは絶対に気付くようにと。

「母に感謝しなければな」

気付かなければ、メリーナを落胆させていたかもしれない。いや、メリーナから贈られたものならば違う色でも歓喜していた。だがやはり、メリーナの色だったからこそ我を忘れて喜んでしまったのだ。

「……メリーナは、私を好意的に想ってくれている」

嫌われていないと、セドからの報告にもあった。そしてこのメリーナからのプレゼント。この色を選んでくれたのは、仲睦まじい夫婦になりたいという、けなげな意思表示だろうか。感謝と言っていた。つまり。

「私のしてきたことは、間違いではなかった」

ふっと笑みをこぼす。これからは遠慮なくメリーナへ愛を伝えよう。……だがやはり、過剰になりすぎてはいけない。真っ赤になったメリーナを思い出し、そっと息を吐いた。

◆

それから二日後——

「「奥様！　私たち痩せられましたーー！」」

ドロシーとデイジーは声を合わせてハイタッチをした。

「奥様のおっしゃる通りに、ながら運動をしました！」

「夕食だけちょびっと少なめにしました！」

「空腹も好きなものも我慢しないでいいなんてー！」

二人はピョンピョン飛び跳ねて喜びを表した。まだ十日ほど。それでも普段からよく動く二人には、効果が大きかった。

「二人ともよく頑張ったわね。私もお役に立てて嬉しいわ」

私の知識で喜んでくれる人がいる。前世から、それが自分のこと以上に嬉しかった。

（次はメイクでも教えようかしら）

嬉しくなって次はどうしようかと考える。元々私の本職はそちらだ。二人とも若くて肌が綺麗だから、素肌を生かして……

「いいから会わせなさい！」

突然エントランスの方から怒鳴り声が聞こえた。二人と一緒にそちらへと向かうと、深紅の細身の服を着た綺麗な女性が、メイドと使用人に囲まれていた。

「旦那様のご命令ですので……」

「その母親の命令よ！」

「ですが、いずれご挨拶に伺うのでお引き取りくださいと、伝言をお預かりしておりまして……」

（クレセット様のお母様っ？）

会いにくるかもしれないと、クレセット様はおっしゃっていた。そのための服もいただいている。お義母様《かあ》が引かないと知っていらっしゃるからか、……お義母様《かあ》が来られたら私がご挨拶をすると、分かってくださっているからか。

「着替えてから伺うと、伝えてくれるかしら」

「えっ、でも奥様っ、大奥様はご気性の激しいお方で……」

「旦那様のご厚意に甘えて、ご挨拶を先延ばしにしていたの。わざわざお越しいただいているのに、追い返すわけにはいかないわ」

この姿を見せるのは……怖い。でも、このお屋敷の今の女主人は私だ。旦那様のご両親なら、丁重にお迎えしなければならないお方だ。

クレセット様からいただいた来客用の服のうち、ほんのりグレーがかった白と、淡いラベンダー色を基調にした服を選んだ。身体が膨張して見えそうで見えない、輪郭を柔らかくぼかしてくれる色とデザイン。クレセット様が、私のために選んでくださった服。私は、独りじゃない。鏡をまっすぐに見据えた。


「お初にお目にかかります。メリーナと申します」

「初めまして。……聞いていた通りね」

お義母《かあ》様の視線が私に注がれる。お義父《とう》様と思われる方も、こちらを見つめていた。

「結婚から随分経つけれど、夫の両親に挨拶もないなんてどういうことかしら？」

「返す言葉もございません」

深く頭を下げる。お義母《かあ》様のおっしゃることはもっともだ。

「謝罪はいいの。理由を聞いているのよ」

「大奥様。奥様は旦那様のお言いつけで……」

「サラさん」

「……大変失礼いたしました」

視線を向けると、サラさんはハッとして下がった。お義母《かあ》様が問いかけているのは私で、そこに侍女の立場のサラさんが割って入るのはいけないことだ。

(庇ってくれてありがとう。後でちゃんと伝えるわね)

今それを言ってしまえば、お客様を、身分が上のお方を軽視したことになる。私のせいでサラさんまで咎められてしまう。

「大変申し訳ございません。理由は、この姿をお見せすることに躊躇する私を、旦那様がお気遣いくださったためです」

包み隠さずに答えた。クレセット様が新婚の間は来ないようご両親に伝えてくださったのもきっと、私が体型を気にしているから。

「私の身勝手で、ご不快な思いを……」

「メリーナさん」

言葉を遮るようにヒールを鳴らし、お義母《かあ》様は目の前まで近付いてくる。長い銀の髪と、鋭く光るサファイアの瞳。切れ長の瞳は涼しげで、クレセット様を思い出させた。

(お義母《かあ》様に嫌われるのは、悲しいわね……)

小さく震える身体を叱咤して、顔を上げ続ける。

こんな姿で、更には挨拶もしない女を、息子の嫁と認めるわけがない。それは理解している。それでもこれから先、認めて貰えるように努力するつもりだ。

「……メリーナさん」

「っ、はいっ」

クレセット様とお義母《かあ》様が、私のせいで仲違いすることがあってはいけないから……

「メリーナさんっ、息子と結婚してくれてありがとう～！」

「⁉」

扇子で叩かれるくらいはすると思っていた。それなのに。

「結婚の報告書が届いた時は、本当に驚いたわ！　まさか息子が人間の女性と結婚するなんて！」

人間の、女性……？

「試してごめんなさいね。でも息子を庇うだけじゃなくて、マクガヴァン令嬢まで従えるなんて、やるわね！」

「あ、あの、従えては……」

「奥様」

サラさんはわざと私に向かって恭しく一礼した。

「あなたっ、マクガヴァン家のご令嬢が認めているなら本物よ！　ラーナ家の嫁だわ！」

「そうだな。喜ばしいことだが、ひとまず落ち着きなさい」

気性の激しいお方って、こういうことなの？　ドロシーを見るとポカーンとしていた。どうやら違うみたい。

「私が美しいばかりに、あの子には幼い頃から苦労をさせたわ。寄ってくる虫けらのせいで人間不信になるんだから」

悩ましげな溜め息をつくお義母様《かあ》。

「こらこら、虫けらはやめなさい。女狐と言うべきだよ」

「そんなに可愛いものじゃないわ」

お義母様《かあ》だけかと思っていたら、お義父様《とう》もにこにこしながら結構言うわね……

「でもあの子が外見で人を判断しないのは、あなたの血ね。あなたが私の自慢の顔で落ちてくれなかったのは、癪ですけど」

お義母様《かあ》は妖艶に微笑んで、お義父様《とう》を見つめた。

「君の顔も、好きになった理由だよ」

「嘘っ。だってあなた、私の顔潰しにきたじゃない」

「潰しに……？」

思わず声に出してしまった。

「この人ったら、初対面で私の顔ばかり狙ってきたのよ？　女の顔を狙うなんて、信じられる？」

「暗殺者に女も男もないだろう？」

「暗殺者……？」

また聞き逃せない単語に、声を出してしまう。笑いながら話していらっしゃるけれど……

「あっ……昔のことよ？　私がそうだっただけで、ラーナ家は暗殺稼業じゃないのよ？」

「国王陛下の勅命を受けるだけの、真っ当な家門だよ？」

「国のためならちょこっと強引なこともするけど、悪の組織ではないのよ？」

お二方は慌てて口々に説明してくださった。

今はクレセット様がお仕事と領地を引き継いで、お義父《とう》様が代行として領地の経営に力を入れているとお聞きした。代々そうしてきたそうだ。お義父《とう》様が昔、暗殺者と対峙したことがあるなら、今はクレセット様がそのお立場ということ。

「クレセット様は、危険なお仕事をされているのですか？」

「……全く危険がないわけじゃないけど、時代も変わったからそう危ないことはないわ」

「あの子は頭がいいから、現場より後方で作戦を立てたり指示を出したりする方が合っているからね」

「私たちが鍛えすぎたせいで、現場に出ることに躊躇《ためら》いもないけど……」

お義母《かあ》様はハッとして口を閉ざす。クレセット様がお二方の技術を受け継いでいるなら、戦い慣れているということかしら。

「クレセット様はお強いのですね。安心しました」

そう言うと、お二方は目を瞬かせた。

「私は元暗殺者よ？　気にしていないの？」

「少し前まで国が混乱していたのは、理解していますから」

私が産まれる少し前までは、政敵に暗殺者を送ることも、護衛のために暗殺者を雇うことも、日常的なことだったと乳母から聞いている。そのせいで、街に逃れてきた暗殺者と追う相手の戦いに巻き込まれる人がいたことも。

今の国王陛下が即位されて、国は急速に落ち着いた。そこにはラーナ伯爵家……お義父《とう》様の働きが大きかったことも本で学んだ。

「国のためにご尽力されたラーナ伯爵家とのご縁を賜り、一員として迎え入れていただけたことは、私などには過分な栄誉と存じております」

本当に、私には身に余ること。お二方への敬意を込めて頭を下げる。

「メリーナさん。あなたは、聡明ね。それに度胸があるわ。普通なら気にしていないと言いながら、怯えた顔をするものなのに」

褒めながらも探るように注がれる視線。

「クレセット様のお母様ですので、怯える理由は……嫌われること以外は、ございません」

「機嫌を損ねたら殺されるかもしれないのに？」

「そうですね……。私がラーナ伯爵家の不利益になると判断されましたら、処分はクレセット様の手でお願いいたします」

前世で一度死んだ記憶があるから、死ぬのはそう怖くはない。でもできることなら、私を大切にしてくださるクレセット様の手で最期を迎えたい。

（死に際を自分で選べるのは、とても幸せなことだわ……）

「あなた、ご実家でどんな……」

「メリーナさんのように肝の据わったご令嬢は、お前の好みだろう？」

「え、ええ、そうね。それに裏表もなさそうだわ」

お義母様《かあ》が視線を向けた先では、サラさんとドロシーがコクコクと頷いていた。

「まだこの屋敷に来たばかりなのに、こんなに信頼を得ているなんて驚いたわ。それに……その服は、クレセットから？　女心は分からないのに、センスはいいのよね～」

私を上から下まで見て、生地もいいわ、と頷く。

「クレセット様もそうおっしゃっていましたが、お優しいですし、とても女心の分からないお方とは……」

「「あの子が⁉」」

お義父様《とう》まで大声を出した。

「はい……。歩く時は歩調を合わせてくださいますし、前髪を少し整えた時にも気付いて、褒めてくださいました」

「あの子が……」

お義母様《かあ》は目を見開き、お義父様《とう》は頭を抱えてうつむかれてしまう。

「クレセットに、詳しく聞かないとね……」

「あいつめ……結婚報告と新婚のうちは来るなという内容しか書かないから……」

お二方はそう言って、突然立ち上がった。

「メリーナさん。今日はお話しできて嬉しかったわ」

「今度は、正式に招待されてから伺おう」

「見送りはいいわよ。あなたはラーナ家の大切なお嫁さんなのだから、くれぐれも無理はしないでちょうだいね」

お義母《かあ》様は私の手をぎゅっと握り、微笑んでくださる。そのまま、エントランスへのお見送りもできないほど、足早に帰ってしまわれた。

「奥様、さすがです」

「大奥様は怖いお方ですのに、あのようなお姿は初めてですっ」

「……………緊張、したわ……」

私は顔を覆って項垂れた。この体型に不快な顔はされなかった。それでもやはり、思うところはあっただろう。それなのにあんなに優しく接してくださった。

「クレセット様のご両親も、とても素晴らしいお方だわ」

だからこそ、早くこの見た目を何とかしたい。

「サラさん。あの時、庇ってくれて嬉しかったわ。ありがとう」

「私こそ奥様に救っていただきました。軽率な行動を取り、申し訳ございませんでした」

「サラさんが庇ってくれたから、私も震えずにお話しできたのよ。だから、本当にありがとう」

感謝を述べるとサラさんも微笑んでくれる。私が認めて貰えたのは、サラさんが私を認めてくれたからだ。素敵な人たちがそばにいてくれることに、改めて幸せを感じた。

◆

「いいこと……メリーナさんから目を離すんじゃないわよ」

扇子を突き付け、執事にそう告げる。

「あの子に逃げられたら、ラーナ家は途絶えるものと思いなさい」

メイド長にも視線を向けると、深刻な顔で深く頭を下げた。

馬車が走り出し、しばらく無言だった二人は同時に溜め息をつく。

「クレセットは、メリーナさんがいなくなれば一生独り身を貫くだろうな……」

「跡取りはお金で解決しそうよね……」

後継者は伯爵家の血を継いでいなければならないため、子を産む女性を金で買いかねない。

「我が息子ながら、なかなかに非情だわ」

「私よりラーナ家の稼業に相応しいのではないか？」

「私でさえ否定できないわよ」

躊躇《ため》いのなさは特にそうだと、肩を竦めた。

「……彼女、十八歳の貴族のご令嬢とは思えないほど達観していたわね」

死に際を語る時、安らかな顔で微笑みすらたたえていた。まるで死を覚悟したことのある人間のように。

「それほどつらい思いをしてきたのだろう」

「私たちが本当の親のように、大切にしてあげないとね」

死が怖いと、死ぬのは嫌だと、生にすがり付きたくなるほど幸せな場所に、あの屋敷と自分たちがなるように。


突然訪れた両親に根掘り葉掘り問いただされたクレセットは、そう不機嫌ではなかった。

勝手にメリーナの元を訪れたことには殺気を放つほど激怒したが、メリーナを褒めちぎられ、新婚生活は楽しいかと問われて、メリーナの素晴らしさをこれでもかと語った。

息子の扱いはそれなりに心得ている両親だが、究極の愛妻家になっているクレセットに内心では激しく動揺した。そして息子をこれほど変えたメリーナに、敬意すら抱いた。

「メリーナさん、公爵家の教育も受けられずに乳母に育てられたの？　それなのに、この国のことをよく勉強していたわよ」

「その乳母の行方は、お前も掴めていないのか」

「メリーナさんを淑女に育てて、王太子を殺させるつもりだったのかしら？」

もしそうなら、国王の弟か、その息子の近辺を調べればいい。

「母上なら、そのために十年以上も育てますか？」

「育てないわね。時期を待つにしても長すぎるわ」

それでも、育てた暗殺者が王太子妃になれば、外から送るより簡単に王太子を消せる。

「でも、母親くらいの歳だと言っていたのでしょう？　私くらいの世代は多いのよ。暗殺者」

人の命が軽い時代だった。街には孤児が溢れ、素質のある子供は暗殺組織に連れて行かれた。生きるために、暗殺技術を学んだ。組織は解体されているが、暗殺者が全て消えたわけではない。

「王太子妃教育まで施したなら、王太子の子を産ませてから王太子を消し、子が育つまで後見人として統治させるつもりだったか……」

「メリーナさんが政治に関われば、いい国になるでしょうね。あのマクガヴァン令嬢まで味方に付けたくらいだもの」

その要領でマクガヴァン子爵家を懐柔すれば、軍事を掌握するのも不可能ではない。

「……女性の地位向上を訴える者の仕業か？」

「それか、時代遅れのこの国を憂いた革命家かしら」

「疑えばいくらでも可能性が出てくるな」

両親は肩を竦めた。

「メリーナさんは放っておけない雰囲気があるからな。ただメリーナさんのためを想い、王太子妃になってからも苦労しないよう、先代公爵夫人にお願いして教えて貰ったのかもしれない」

「先代公爵夫人、ですか？」

クレセットは訝しげに眉を寄せる。

「一年だけ王太子妃候補だったのだ。病を患ったことを理由に辞退され、それが夫人の悪評に繋がらないよう、陛下が全ての記録を抹消するように私に命令されたのだよ」

「そんなことが……」

今まで聞いたことがないのは、国にとって脅威でもない情報だからだ。

「乳母殿は、先代夫人が陛下との間に密《ひそ》かに授かっていた子……という可能性もないのですね」

「ああ。私が三ヶ月毎に訪問して確認していた」

もしそうだとしても、国王の落胤を公爵家に引き入れるのは、利点どころか危険の方が大きい。

「……探さない方が、メリーナのためでしょうか」

「藪をつつけば、ということろか」

「下手に深追いしてメリーナさんに危険が及んでもいけないから、守る方に集中するべきよね」

「まずはメリーナさんから情報を得て考えてみろ」

「……そうします」

クレセットも同じ考えだった。自分が危険に晒《さら》されるなら、構わず追いかける。だがメリーナに少しでも危険が及ぶ可能性があるなら……ここまでだ。

「それにしても、やっぱり噂ってあてにならないわね。賢くていい子だったわ」

ベラーディ公爵家の長女は見た目も性格も醜い悪女で、か弱いふりをしているが家では妹を虐待している。あの体型はずぼらなせいで自業自得。だから家族は冷遇している。

誰もがそうやって噂していた。

「お前からの手紙で結婚相手の名を見た時は、正直驚いたが」

「クレセットが選んだなら、陰湿って噂とは違って、私よりさっぱりした極悪女じゃないかって話してたのよ」

「それがまさか、聖母のような愛らしいお嬢さんとはな」

「ええ。メリーナは聖母です」

クレセットは自慢気に頬を緩めた。親でも初めて見る顔に二人ともまだ慣れない。それでも、息子が幸せを掴んだのだと思うと、喜びで目頭が熱くなった。

「しかし、よくぞ公爵家と縁を切らせた」

「あのハイエナと親族になるなんて、虫酸が走るものね」

「こらこら。気分が悪いわ、くらいにとどめておきなさい」

楽しげに笑う両親に、クレセットはそっと安堵する。

縁を切らせたことも咎められない。自分の外見をいつも気にする母も、メリーナを気に入っている。二人とも全面的にメリーナの味方だ。破天荒な人たちだが、メリーナの義理の両親になるのが二人で良かったと思う。

口の悪さだけは影響を与えないようにと願ってしまうが、それすらもメリーナは、楽しい人だと笑って許してくれるのだろう。

◆

「ただいま、メリーナ」

「お帰りなさいませ、っ……！」

十日ぶりに戻られたクレセット様は、出迎えた私をみんなの前で抱きしめた。

「会いたかった……」

頬を撫でられて甘い微笑みを間近で浴びる。更には額や目元にキスをされて、心臓が痛いほどに脈打った。思わず周りを見るとみんな見ないふりをしてくれていた。

私の部屋のソファに並んで座り、肩に触れたクレセット様は寂しげなお顔をされる。前回お会いした時から、肩回りが少しだけ痩せたのだ。

「頑張っているね、メリーナ」

私としてはまだポヨポヨでたくましい肩に、クレセット様はまるで壊れ物のように触れる。

「……手首が半分になっているが、きちんと食べているのか？」

そして、急に深刻なお顔で私の手首を掴んだ。

「ええ、食べていますよ。手首はむくみが原因だったので、効果が現れやすかったのです」

「むくみ……？」

「脂肪だけでなく、水分が滞って太っている場合もあるのです。こまめに水分補給をしながら運動や半身浴をして流れを良くして、身体の代謝を上げて……」

つい語ってしまい、ハッとする。クレセット様には全く必要のない情報だった。

「君の知識は素晴らしいね。人体をよく理解している」

私の手首をにぎにぎと握りながら、感心した声を出した。

「今まで読んでいた中には、医学書も？」

「ええ、その……少しですが」

この国のダイエット法は空腹にひたすら耐えるものだ。もしかしたら、私のダイエット法は医師の領域ではないだろうか。

「医学書を理解し、応用できるとは……」

クレセット様はまた深刻なお顔をした。そして何度か迷った末に口を開く。

「メリーナ。提案なのだが、………君に、教師を付けてもいいだろうか」

「先生を、付けていただけるのですか……？」

「君が望めば、だが……。私も失念していたのだが、式典など参加を避けられない行事には、夫婦で参加しなければならない。君に負担ばかり強いることになり、申し訳ないのだが……」

「嬉しいですっ。ありがとうございますクレセット様っ」

教育を受けられる。嬉しさのあまりクレセット様に飛びついた。

乳母から教わっていた頃は幼くて、難しいことは覚えられなかった。その後の独学では不安な部分もある。特に他国の言語は苦手だった上に、発音や生きた会話はどうしても学べなかった。

「メリーナ。今まで教師がいたことは？」

「一ヶ月ほど教わっていた時期があります。でも、突然解雇されてそれきり……」

「その教師が来たのは、君が幾つの頃だろうか。何かおかしなことはなかったか？」

「確か……七歳の頃です。最後の日は先生の用意されたテストを受けたのですが、先生はすぐに答案を公爵のところへ持って行って……確かに慌てた様子で、おかしかった気もします」

十年以上前のことなのに、先生の表情はきちんと記憶にある。公爵家では、ずっと人の顔色を窺っていたから……

「公爵が言うには、あまりに酷い点数で先生を雇うのが勿体ないとのことでした。リリアに先生を付けた時期でしたから、私にも世間体を気にして付けただけではないかと思いますが……」

「その教師の名は」

「お名前は……申し訳ありません。私は、ナナ先生と呼んでいました……。ベラーディ領西部の農村地帯出身で、平民の出だとおっしゃっていたことしか覚えていません」

たった一ヶ月の間、週に二度しか会えなくて、そこまで深い話はしていなかった。

「君が所作やテーブルマナーの基礎が出来ているのは、乳母殿から？」

「はい。以前は商家のお子さんの先生をしていたそうです」

「ベラーディ領出身なのだろうか」

「出身は首都だと聞きました。商家からの紹介状で公爵家に雇われたのだと……ですが、商家からの紹介状で、公爵家に雇い入れられるものなのでしょうか」

ふと違和感を覚えた。公爵家にもなれば、乳母は伯爵家以上の者が選ばれるはずだ。

「……すみません。私を育てる人なら、身分の高い人は困るからですよね」

「私も、すまない。取り調べのようになってしまったね」

苦笑して、私の髪を優しく撫でる。

「メリーナは、何から学びたい？」

「ダンスがいいです。ダンスだけは、一度も教わったことがないので」

いつも壁際で眺めるだけだった。音楽に合わせて踊る人々の姿に、ずっと憧れていた。あの華やかな中に飛び込んでいけたらと、夢見たこともある。

「あ……ですが、もっと痩せてからにしますね。膝と足首に負担がかかってしまいますから」

「そういった危険もあるのか……」

クレセット様にまた深刻なお顔をさせてしまう。

「念のため、ダンスは最後にします」

「そうして貰えると私も安心だよ。君の足首ももう、半分になっているのだろうからね」

心配そうに足元に視線が注がれる。ふとクレセット様の手が膝に触れて、すぐに離された。

「すまないっ……」

「え、いえ、夫婦ですし、……膝も負担がくるので、頑張って痩せますねっ」

「そうか、それも大変だ。応援しているよ、メリーナ」

いつかのようにお互いにしどろもどろになる。

(夫婦……夫婦なのよね……)

交際期間も婚約期間もない夫婦生活。クレセット様が必要以上に私に触れないのは、心臓への負荷の他に、私の気持ちを考えてくださっているからだ。

(クレセット様、とても紳士的な旦那様だわ……)

改めてクレセット様の素晴らしさを知り、ますます好きになった。

「あの……マナーのおさらいもしたいですし、他国の言語はほとんど分からないので、そちらからお願いしてもよろしいでしょうか」

「勿論だよ。最高の教師を用意しよう」

優しく微笑むクレセット様に抱きしめられた時には、まさか語学の先生が……お義母《かあ》様だなんて、予想もしていなかった。

それからの二週間は飛ぶように過ぎ去った。

「転生効果かな……」

鏡を前に、ペタリと頬に触れる。まだ始めて一ヶ月ほどしか経っていないのに、一年ダイエットしたように脂肪が落ちた。二重顎は大分なくなり、下を向けるようになった。お腹はまだぽよんぽよんしているけれど、腰にはうっすらとくびれが……あるように、見えなくもない。最初の頃からすれば三割も減った印象だ。

この世界では、わりと簡単に体型を変えられるのかもしれない。主人公が短期間で美女に変貌を遂げて、舞踏会で王子様に求婚されるストーリーのように。一ヶ月でここまで痩せようものなら、お肌もボロボロになるはずなのに。つまり、転生効果が私の身にも起きているということ。

「リバウンドも起きる気配がないもの」

それどころか、停滞期もない。順調に痩せ続けている。

「奥様。最後の二着もお直しが終わったとのことです」

「ありがとう、サラさん」

クレセット様からいただいた服はもう、サイズが合わなくなってしまった。ほぼ全て解体してからの縫い直しだったのに、屋敷のお針子たちがとても綺麗に仕上げてくれた。

「奥様、こちらも生まれ変わりました！」

「お洋服も着てます！」

「すごいわ、こんなに可愛くなって」

ドロシーとデイジーが差し出したのは、テディベアサイズのウサギとクマのぬいぐるみだ。お直しがどうしても難しい服はぬいぐるみにしてはと、お針子たちが提案してくれた。

「奥様のお化粧から着想を得たと言ってましたっ」

「ぬいぐるみは可愛いだけじゃない、オシャレであるべき！　だそうですっ」

「奥様のお化粧は魔法のようだと言ってましたっ」

以前、二人の友人のお針子に、子どもっぽさを払拭して婚約者を驚かせたいと相談された。私は張り切って服に合わせたお化粧をして、結果は大成功。お針子は大喜びで、それを聞いた他のお針子たちとも仲良くなれたのだ。

「奥様はたくさんのことをご存知で素晴らしいですっ」

ハイタッチして褒めてくれるドロシーとデイジー。頷いてくれるサラさん。優しい人たちに囲まれて、特技も生かせてみんなが喜んでくれる。

こんなに幸せで……いつか夢から覚めるように、この幸せが壊れてしまわないかと怖くなる。それでもクレセット様はきっと、そんなことはないと言って、優しく抱きしめてくれるのだろう。

その夜。私は嬉しくなって、お直しした服をクレセット様にお見せした。丁寧な仕事で技術も高いと褒めてくださったことを、明日お針子たちに伝えに行こう。

「しかし、メリーナ……。君の腰は、ここまで細かっただろうか」

「ふふ、ありがとうございます。お直しして貰ったので、突然痩せて見えたのだと思いますよ」

「そうか、それで。腰はあまり触れる場所ではないからね」

そこでクレセット様は深刻なお顔をされた。

「私が痩せるのは、困りますか？」

以前と同じ問い。たくさん会話を重ねてきたから、今は違う答えが返ってくるかもしれない。

「……すまない。君のこの柔らかさがなくなってしまうのは、少し寂しいよ」

抱きしめられて背を撫でられると、ぽよぽよと背肉が揺れる。

「クレセット様は、太っている方がお好きですか？」

「メリーナなら、どちらでも」

「そうですか？」

クレセット様から離れると、追いかけるように抱き寄せられた。

「背中もですが、お腹周りは特にまだぷよぷよで気持ちがいいですよね？」

「……気持ちがいいね。マシュマロのよ……私は、君の全てが愛しいよ」

クレセット様は素直な言葉をこぼしかけて言い直し、今度はぎゅうっと抱きしめてくださった。

「そうおっしゃってくださるのは、クレセット様だけです」

「他の男にも、触れられたことが？」

「いえ、殿下は私と手を繋ぐことも嫌悪されていましたから」

「愚かな男だな」

クッと悪い男の声が耳元で聞こえる。そんなお声もお顔も似合ってしまうのだけど。

「だが愚かだからこそ、そこまで嫉妬せずに済んだよ」

「っ……」

「過去に嫉妬など、とは思うが」

お声は優しいのに、何故か背筋がひやりとした。

「メリーナ。私は、君が存在した全ての時間に対して、嫉妬してしまう。私以外と言葉を交わしたことも、私以外をその瞳に映したことも、ありとあらゆることに対して、ね」

身体を離され、頬を撫でられて、とても近くで見つめられた。

「あっ、あのっ……嫉妬されるようなことは何もありませんので」

離れようとしても腰を抱かれていて、顔をうつむけて逃げる以外できない。

（嫉妬せずに済んだのではなかったのっ……？）

そのうちに額や髪に唇が触れる。身を屈めて目元にもキスされた。

「これは、親愛のキスだよ」

「あっ」

私が言ったことだ。いつの間にかクレセット様だけ慌てることもなくなって、親愛だよ、と言ってまた額に柔らかなものが触れた。

「あのっ、クレセット様っ……」

顎に指が触れて、顔を上向けられる。そして。

「メリーナっ？」

指先が私の唇を撫でた途端、目の前がぐるぐると回った。

「申し訳ありません……私には、まだ刺激が……」

「すまない……。愛しさのあまり……」

クレセット様は私をソファの背にもたれさせて、クールダウンのために少しだけ離れてくれた。

◆

翌日。セドを執務室に呼び出したクレセットは、負のオーラを漂わせていた。

「メリーナが……大幅に減ってしまった……」

「そっか。復讐の日も近いな」

クレセットのデリカシーがないような、そうでもないような言い方には、あえて触れない。

「王太子の結婚式をその日にしようと考えたが、仮にも我が国の王太子の醜態を他国にまで晒《さら》すのは、国防にも関わるから思い直した」

「そうだよなぁ」

「復讐の日は、国中の貴族が集まる大きな……夜会がいい。夜は他の者は沈み込む。だがメリーナの髪と肌は、輝きを増す」

　雰囲気がどんよりしていても、クレセットの頭はしっかりと冴えていた。

「そのメリーナが……帰る度に、目が大きくなっている。ぬいぐるみのように丸くてつぶらだった瞳が、宝石のように輝いているのが見えるようになってしまった……」

「ん？　嫌なのか？」

「メリーナが可愛いことに、愚かな男どもが気付いてしまう……」

　確かにとセドは思う。痩せただけで男は途端に女に好意を抱くのだ。それに、リリアと母親、そして先代公爵夫人も大層な美人だったと両親から聞いた。混乱した時代の中で死亡した、公爵の兄二人も美丈夫だったという。

「あの家系、顔だけはいいからなぁ……。あいつらが残してった良心と慈悲が、夫人に全て凝縮されてるよな」

「ああ。メリーナは聖母だ」

　パッとクレセットの雰囲気が明るくなった。

「お前が守ってやんないとな。馬鹿な男たちの魔の手からも」

「……そうだな。私は、そのためにメリーナを妻にしたのだから」

誰にも奪えないよう、国王陛下の命令という事実も作った。思い出し、しっかりと顔を上げた。

「ベラーディ領西部の農村地帯に、部下を送った」

「おお、そっちも本題な」

「十一年前にメリーナの教師をしていた者を探している。ナナ先生と呼んでいたそうだ」

ナナが愛称なら、本名はナナリーかナタリー辺りだろうか。

難易度高いなとセドは呟く。農村地帯の平民は役所に出生届を出していないことも多く、村の中だけで帳簿を管理している場合もある。

「公爵家と縁切ってるから、妻のことで、って聞きに行くわけにもいかないしな……」

「口を割りそうな者を探す中で、先代公爵夫人が離れで静養していることを偶然突き止めた」

「んっ？　ご存命でっ？」

「メリーナの母親がいて接触は出来なかったが」

「あー、母親って、屋敷で夫人を見ると近付くなって怒鳴って、兵の剣まで奪って振り回したんだっけ？　お前の部下が見つかってたら八つ裂きだな」

公の場で見た公爵夫人は、リリアと同じ愛らしさのある顔立ちで、夫に従順な淑やかな女性という印象だった。

「……母親の方は、実の子じゃないのかもな」

「私もそう思い、出生届にある医師の元を訪ねたが……耄碌《もうろく》していた。弟子は公爵家のそのような話は聞いたことがないと言っていた」

そもそも、余程のおしゃべりでない限りは弟子に伝えるわけがない。仮にも公爵家の秘密だ。

「先代公爵夫人は、病のせいか、痩せ細っていた。もう長くはないだろうな」

「そっか……って、突き止めたの、お前？」

「ああ。夜中に行ったのだが、離れの方は警備が緩かった」

「あー……まあ、そこそこいても擦り抜けちゃうお前だけどさ……」

「母親と祖母は仲が悪いと聞いていたが、まさか祖母を弱らせたのは母親か？」

「今も毒を食べさせてたりしてな。……いや、笑えない」

「先代公爵の死因は毒殺だったな」

「笑えない、まじで笑えない」

そこまでいくとさすがに公爵家の闇が深すぎる。

「毒物の取り締まり強化を、陛下に進言しておこう」

「まじで頼む。あの時代に逆戻りは駄目だ」

幼い頃にクレセットの両親から聞かされたリアルな話が、今でも密《ひそ》かにセドのトラウマになっている。あの時代には戻さない。それもセドが騎士団に入った理由でもあった。

「ってか、明日から夫人と旅行だろ？　帰れそう？」

「ああ。これを片付けたら帰る」

「そっか。楽しんでこいよ」

セドはニッと明るい笑みを見せた。

クレセットは、愛する妻との時間を作るためにせっせと仕事を片付け、同時に部下も育てていた。今回は三日だけの小旅行だが、部下が育てば、いずれ長期の旅行にも行けるだろう。そんな部下たちは、クレセットから直々に指導を受けられ、己の技術を生かすべく日々邁進していた。

◆

広がる青空。絶好の旅行日和だ。

旅行自体初めての私を気遣って、クレセット様は領内の別荘を旅行先に選んでくださった。休憩を挟みながら、二時間ほど馬車を走らせた場所。

「綺麗……」

別荘から見える風景に、目を奪われる。陽射しを反射してキラキラと輝く湖。その周囲には青々とした木々が並び、そこから少し高い場所にこの別荘が建っている。

「素敵な場所ですね、クレセット様」

「気に入って貰えて嬉しいよ」

クレセット様は私の手を取り、別荘には入らずに裏へと回り込む。色とりどりの花が咲き誇る庭。そこから臨む湖も美しくて、感嘆の溜め息がこぼれた。

日除けの傘が立つ場所には、椅子ではなくソファが置かれていた。そばのテーブルには、アフタヌーンティーが用意されている。

「疲れているだろうからね。ソファを用意させたよ」

「お気遣いありがとうございます」

正直に言うと、椅子は少しつらかった。クレセット様は私をソファに座らせてくださってから、大きなクッションをいくつかソファと私の背の間に入れる。

「ありがとうございます。とても楽になりました」

固さのあるものに柔らかなクッションが重ねられ、全身を預けても倒れすぎずにゆったりできる。

クレセット様は優しく微笑んでくださり、その向こうで、サラさんがニコッと明るい笑顔を見せた。

その隣ではドロシーとデイジーが、湖を見て目をキラキラさせている。

(自由時間をたくさんあげなくちゃね)

せっかく素敵な場所に連れてきてくださったのだから、三人にもゆっくりして貰いたかった。

「料理長が、野菜と果物を使ったデザートだと言っていたが……これはトマトか？」

「人参の甘さを生かしたケーキに、トマトを添えました。こちらはオレンジと黒すぐりのジュレです。カボチャのスコーンは洋梨ジャムと共にお楽しみください」

スッと料理長が現れて説明をしてくれる。料理長とメイド長は、使用人たちと共に朝早くにこちらに来て、準備をしてくれていた。

「どれも砂糖をほとんど使っておりません。大根と生姜のクッキーは喉にもよく身体も暖めてくれるという、奥様のお知恵です」

「メリーナの。それは素晴らしいな」

「私は提案しただけで、料理長が考えてくださったのですよ」

「いやいや、奥様にご提案いただかなかったら、大根と合わせようなんて思い付きませんって」

「旦那様、奥様。失礼いたしました」

ラフな口調になった料理長は、メイド長に耳を引っ張られて連れて行かれてしまった。

「あれほど仲が良かったのか」

「結婚して十年と聞きましたが、お互いに想い合っているそうですよ」

「十年か。……私たちも、あのようにありたいものだな」

「はい、クレセット様」

あの二人のようにいられたら、とても嬉しい。料理長は愛情表現が素直で、メイド長は多くは語らないけれど瞳が優しくなる。心が繋がっている夫婦はとても素敵だ。

二人を思い出しながらデザートをいただき、景色を眺める。そよぐ風が頬を撫で、緩やかな時間に、移動の疲れも癒されていく。ふと隣を見ると、クレセット様と視線がぶつかった。そして、おもむろに話が始まる。

「メリーナ。私が君を初めて見たのは、三年前だった」

「そんなに前だったのですね……」

私は十五歳だったから、クレセット様は十九歳。その頃も素敵な男性だったのだろう。

「あの教会には、仕事帰りに立ち寄っただけだった。そこで君の笑顔に一目惚れして、神父に君のことを尋ねたよ。王太子の婚約者と知っても、君に会いたくて、身分を偽って何度も訪れた。その君とこうして夫婦になれたのだ。……夢のようだよ」

私の髪を撫で、柔らかな微笑みを浮かべる。

「クレセット様……。私を見つけてくださり、ありがとうございます。私も、夢みたいです……」

あの教会は、貴族の馬車が通るような場所にはない。王家の勅命とあらば国中を駆け回る大変なお仕事をされているからこそあの道を通られて、私を見つけてくださったのだ。

「君の元へ通うために、神父には男爵家の長男と名乗っていたのだが」

「男爵家、ですか？」

「……無理があったか」

「ええ、すみません……クレセット様の高貴な雰囲気は、隠しきれるものではありませんもの」

「仕事では上手くいくのだが……。そうか、君は私の変装を見たことがなかったね。今度、完璧な平民に擬態した私を見せてあげるよ」

クレセット様の変装。それならきっと、完璧なお姿なのだろう。

楽しみにしていますと心からの言葉を返すと、自然な流れで額に口付けられた。

「君が……不名誉な仕打ちを受けた、あの夜会の日。私に参加を勧めたのは、神父だった」

「神父様が？　……そうでした。殿下に参加を命じられて、嬉しくなってお話ししたのでした」

夜会にはほとんど出たことがないから嬉しいと言って、自分の立場は伏せたままで。

「私の君への気持ちに、最初から気付いていたそうだ。話ができなくとも、姿を見るだけでも行った方がいいと勧められたよ」

神父様からは、そんなことは一度も聞いたことが……いえ、クレセット様が隠していることを、私に話してしまうはずはなかった。

「君が王太子妃になれば、教会には来られなくなる。君の姿を近くで見られるのも最後かもしれないと思い参加したのだが。神父には、いくら感謝の言葉を述べても足りないな」

クレセット様は私を抱き寄せ、頬を撫でた。

「メリーナ。君には、恋人としての時間も、求婚も、婚約期間も、共に婚姻証明書にサインをすることも、全て経験させてあげられなかった」

そう言って、苦しげに眉を寄せた。

「それはこれからも、一生訪れることはない」

それは私には嬉しい言葉でしかない。これからもずっと夫婦でいてくださるということだから。

「今、この時だけは……夫婦ではなく、婚約もしていない、ただの男女だと思ってくれ」

夫婦ではない。チクリと胸が傷んだけれど、私は頷く。クレセット様は緊張した面持ちで、そっと深呼吸をした。

「メリーナ」

ソファから下り、私の前に片膝をつく。

「どうか私と、結婚して欲しい」

目の前に差し出され、開けられた箱には……太陽の光を受けて目映く輝く、銀色の指輪が収められていた。

「っ……はいっ」

胸がいっぱいになって、何度も頷く。溢れた涙を、クレセット様はそっと拭ってくださった。

クレセット様の手で、左手の薬指に指輪が収められる。虹色に光を散らす、透明の宝石。

「嬉しいです、クレセット様……。大切にします」

指輪を胸に抱くと、また涙がこぼれた。

「求婚を受け入れてくれてありがとう、メリーナ。私は君を、一生をかけて大切にするよ」

額に口付けられ、抱きしめられた。

「これは婚約指輪だよ。結婚指輪は明後日、あの湖のそばで渡そうと考えている」

サプライズではなく予告してくださるから、明後日が待ち遠しくなった。

「では旅行の間は、婚約者なのですね」

「ああ、私は君の婚約者だ。私だけが婚約者だったのだと、記憶に刻み付けてあげるよ」

微笑んだクレセット様は、とても優しいお顔で私を見つめる。

「婚約中は互いを知るために、デートを重ねると聞いた。夕食は人気の店を予約したと想定して、料理長にメニューを考えて貰っている。君のドレスも用意させて貰ったよ」

「っ……ありがとうございます……。私、いただいてばかりで……」

「婚約した女性には定期的にプレゼントを贈るそうだからね。この滞在を三年ほどと考えてくれ」

三日の滞在で、三年。それではたくさんプレゼントをいただいてしまうのでは？

「これは婚約者を妻に迎えるための誠意だ。無駄遣いではないから許してほしい」

クレセット様はそう言って、叱られた子供のようなお顔をされた。それがとても可愛らしくて、頬が緩んでしまう。怒りませんよ、とクレセット様の頬をそっと撫でた。

その手の上から重ねられた、少しひんやりとした手のひら。もしかして、クレセット様は緊張されていたのかしら。そう思うとますます愛おしくなった。

「……しまった。順序が逆になってしまった」

クレセット様は突然そう言って唸り、頬に触れていた私の手を取り、指を絡めて繋ぐ。

「いや……これでいい。求婚は受けて貰えた……傷は浅い……」

傷？　首を傾げると、真剣な瞳が私に注がれる。

「メリーナ。君は、……私のことを、どう思っている？」

「どう……私の、婚約者です」

「そうではなく、その……」

今は婚約者だと思ったのだけど、違ったみたいだ。

「私は、君を愛している。私には長年の恋心があったが、君は、私のことを何も知らなかっただろう？」

「はい、お噂程度しか……」

「だが君も私と同じ気持ちだと勘違いをして、最初の日から君に触れてしまった」

そう言われてみれば、初対面から妻として触れてくださっていた。

「君は……夫ではない私を、どう思っているだろうか」

夫ではない、クレセット様。

私は……

「……クレセット様に初めてお会いした日、ためらわずに私を抱きしめてくださって、嬉しく思いました」

あの日の感情は、確かに喜びだった。

「あの時は、優しくされること、愛されることに飢えていたせいだと思っていて……ですが、そう考えると違和感があるのです」

あの日と、それからの日々を思い出す。クレセット様に抱いたこの感情がただの寂しさからくるものなら、後々クレセット様を傷つけると思ったから。……でも。

「クレセット様ではない方にそうされていても、ここまで暖かな想いを抱くことはなかったと……今の私は、断言できます」

今の私には、大切な人たちがいる。もう寂しくない。

それでも、クレセット様の暖かさを求めてしまう。抱きしめてほしいと願ってしまう。

他の誰でもなく、クレセット様だから……

「私は、クレセット様を……愛しています」

クレセット様を知るたびに好きになり、好きになるほどに臆病になって、言えなかった言葉。ようやく伝えられた想いは、私の胸を熱くした。

「っ……メリーナ、愛している」

「私も、愛しています。クレセット様」

抱きしめられると、胸がいっぱいになり苦しくなる。想いが伝わる幸せ。心が繋がる暖かさに、また涙が溢れてしまった。

私が落ち着いた頃、クレセット様は私の髪を撫でながら、ぽつりと声をこぼす。

「……告白とは、これで合っているのだろうか」

告白。その経験のない私には、答えが分からない。前世でも私と彼の友人たちが恋人だと言っていたから、自然とそうなっていた。思えば、好きだと言われたことがあっただろうか。

「いや、私とメリーナが想いを伝え合ったのだから、正解だな」

満足そうなお声に、私も頬が緩んだ。

「では夕食までは、恋人ですね」

「ああ、恋人だ」

「恋人も婚約者も体験させていただけて、とても幸せです」

クレセット様の肩に、そっと頭を乗せる。世の中の恋人や婚約者同士がどう過ごしているか分からないけれど、これが私たちの恋人としての時間と、婚約者としての時間。

(私たちだけの、時間……)

また胸が熱くなり、泣いてしまいそうで目を閉じた。

◆

クレセットにとって夢のような時間だった小旅行は瞬く間に終わりを告げた。

本当に三日も過ぎたのだろうか。三時間では？　今から帰って残りを過ごせるのでは？

そう思ってジッと見つめても、執務机の書類の山が現実だと訴えてくる。

「初の夫婦旅行、いかがでした〜？」

更に現実を告げるセドが、大量の報告書を持って現れた。

「……世界一の幸せ者は私だった」

諦めて現実を受け入れ、積まれた書類の山から一枚取って机に置く。

「メリーナが私の求婚を受け入れてくれて婚約者になり、告白を受け入れてくれて恋人になり、結婚指輪を渡して夫婦になった」

「盛りだくさんだな」

「鳥のさえずりが祝福の音楽に聞こえた」

「ん〜、そっか〜」

「手を繋いで湖畔を歩いた。ただ歩くだけであれほどの幸福を感じるなど、メリーナに出逢わなければ一生知ることはなかった」

「夫人に出逢えてほんと良かったよな。神の導きってか、運命じゃん」

「ああ、私もそう思う」

そっと目を細め、メリーナと揃いで作った結婚指輪を見つめる。初めての旅行であり初めてのデートは、幸せな思い出ばかりだ。

そのいくつかは、二人だけの優しい思い出にしたい。そんな気持ちも初めてで、あの辺りで有名な化粧道具専門の商人を呼び、メリーナが控えめに二つだけ選んだことを語る。結局クレセットはメリーナが悩んでいたものを全て買った。怒られるかと思ったが、メリーナは申し訳なさそうに戸惑い、最後には嬉しいと言って笑顔で抱きついてくれた。

「メリーナは恋人でも婚約者でも妻でも可愛い」

スッと笑顔を消し、真顔でのろける。だがすぐに表情を戻した。

「セドとご両親宛てに送った夫婦旅行の土産が、今日辺り届いているはずだ」

「おっ、ありがとな。そんな気遣いいいのに〜」

「その代わり、これからもメリーナの話を聞いてくれ」

「うんうん、めちゃくちゃ聞くわ」

その土産がとんでもない代物だったことを、今のセドは知る由もない。

「あ、そういや、夫人の先生が見つかったって報告きてたぞ」

「これほど早くか？」

渡された書類にクレセットは目を通す。

オレンジの髪と栗色の瞳という特徴から、クレセットは五つの村にあたりを付けていた。三つ目の村で、ナナという愛称の女性が、都会で教師をすると言って出て行ったことを確認した。十年前に一度戻ってきていたが、二年ほど前に首都に移ったという。

「村長からの情報通り、首都の学校で教師をしてるってさ。夫は、メイソン子爵家の三男だ」

「メイソン……あの教育熱心な一家か」

「あの一家なら、妻が平民でもあんま気にしないんだろうな」

優秀ならそれでいいという考えだ。ただ、外見は気にする。顔かたちではなく、身なりを整えるのは他人に対する礼儀だと、学校創設者である彼らの親族が定めた校訓に記載されている。

「三男は農業に興味を持ち現地で学んでいるうちに、教師の住む村に居着いて、そのまま結婚したのか」

「教育に関しては寛容だよな、メイソン子爵」

「学校運営を担っていた次男が突然隣国に留学したいと言い出し、三男が呼び戻された、と」

「自由度高いよな～」

それで戻ってくる三男も、メイソン家の血だ。学校運営と聞いて飛びつき、妻であるナナも喜んで夫についてきた。お似合いの二人だ。今のクレセットには、微笑ましく思える心がある。

「だが、これほどすぐに見つかるものか？」

「あー、俺たちの職業病だよな、偽の情報掴まされたかもって疑うの」

特にすんなり得た情報は、何度も精査して他の情報も集めて裏を取る。

「ま、お前が夫人と離れ離れになってまで部下たちを育てた甲斐があったってことだ」

「そうだな。よく調べている。矛盾もない。別人ではなく全て事実だとすればな」

「まあまあ。接触するならって二人の家も調べてきてるからさ」

調査書にはメイソン家ではない住所が記されていた。部下を褒めるかはこの場所を確かめてからだ。……だが内心では、よく育った部下に驚きと、達成感のようなものを感じていた。

◆

「お嬢様、ご無沙汰しております」

「ナナ先生っ……」

目の前の光景が、信じられなかった。伯爵家の応接間に、本当にナナ先生が……駆け寄ると、昔のように優しく私の手を握ってくれる。でもすぐに涙を浮かべて、きつく抱きしめられた。

「ずっと案じていたのです……。ですが、私には、どうすることも……」

「先生……ありがとうございます。私のことを考えていただけて、私はとても幸せです」

泣きそうになりながらナナ先生の背に触れる。あの頃とは比べ物にならないほど太っている私を、先生はどう思っているだろう。

「お嬢様は、もう伯爵夫人でしたね。あの頃は心配なほど痩せていらしたので、幸せ太りされていて安心しました」

「えっ、あの……」

「妻が可愛くて食べさせすぎてしまいました。私は今の姿も可愛くて仕方ないのですが、妻は困っているようでダイエットに勤しんでおります」

「そうなのですね。こんなに素敵な旦那様に嫁がれて、ますます安心しました」

ナナ先生はにこにこと笑ってくださる。クレセット様がどうしてそう言ったか分からないけれど、合わせた方がいいのよね。でも、幸せ太りに見えるくらいに痩せたなら嬉しいわ。

「改めまして、ナタリアと申します。どうぞあの頃のように、ナナとお呼びください」

先生は綺麗なカーテシーをして、「貴族らしくなりました？」といたずらっぽく笑った。

そして、教師として私についていてくれた頃のことを教えてくれる。

「あの日は、公爵から難問のテストを作るよう指示がありました。でもお嬢様が全問正解されたので、慌てて全問不正解の答案を作りましたよ」

クレセット様から私が公爵家と縁を切ったと聞かされていたらしく、先生は安堵した様子で全てを話してくれた。

当時、教師になったばかりの先生は、学校で公爵家の使用人に声をかけられて断ることが出来なかった。公爵の思惑に気付いていたからこそ、たった一ヶ月でこんなにっ、都会すごい！　と世間知らずの田舎者のふりで喜んでお給料を貰い、公爵家を出た後は密《ひそ》かに故郷に帰ったという。

「乳母の方にだけはお伝えして去りました。お嬢様が聡明だと知られてしまえば、あの公爵が何をするか分からなかったからです」

目を伏せ、小さく震える。先生はあの頃、今の私と同じくらいの歳だった。公爵のあの嫌な視線を思い出すと怖くてたまらないはずだ。

「私は教育者として、お嬢様にとっての最善を考えて行動したつもりです」

「ナナ先生……」

先生は教育者の鑑だ。公爵のせいで故郷に帰るしかなくなってしまったけれど、素敵な旦那様に出逢えて良かった。思わず瞳を潤ませると、ナナ先生は私を抱きしめてくれた。

「メイソン夫人は、乳母殿が公爵側ではないとお考えですか？」

「はい。お嬢様を慈しんでいらっしゃることが、一目で分かりましたから。私も母になり、あの視線の意味をより理解できるようになりました」

クレセット様は微笑んでいらっしゃるけど、どこか難しいお顔をされている。私が、乳母から王太子妃教育を受けたと話したからだ。考えてみれば、王太子妃に教える内容が書店で売られているはずがない。このまま先生の前で考え込んでしまいそうで、一度悩みを心の奥にしまい込んだ。

「ナナ先生、お子さんがいらっしゃるのですね」

「ええ、息子と娘が一人ずつです。二人ともやんちゃで毎日が戦いのようですよ」

「ふふ。子供は元気が一番とは言いますけど、嵐のようですよね」

「ええ本当に。お嬢様は……」

「えっ、あの、私はっ」

「私たちはまだ対面して一ヶ月ほどですから、ゆっくりと愛情を育てているところです」

「そうなのですね、素敵ですわっ」

隣に座るクレセット様が私の肩を抱くと、ナナ先生は高揚した声を出した。

「あっ、申し訳ありません……。お嬢様を大切にされているお姿が、恋愛小説のようで……」

「分かります」

すかさず大きく頷いたのはサラさんだ。

「あらっ、分かってくださるのですかっ？　えっと……」

「奥様の侍女の、サラと申します」

「サラさんですね。あちらはもう読みました？　花売りは氷の辺境伯に溺愛される。私、あのシリーズが大好きなの」

生徒のおすすめなのに私の方がはまってしまって、と少女のようにお話しする先生がとても可愛い。でも、何故かサラさんの表情が固くなった。苦手な本だったのかしら。

「お前もあれが好きだと、メイドと話していただろう？」

「………はい」

「まあっ。素敵なお話よね～。あのクールで誰も愛さない辺境伯が、花売りの主人公に一目惚れして妻に迎えるところから始まる溺愛生活っ、夢があるわ～っ」

はしゃぐ先生に、サラさんはにこっと笑って「そうですね」と返した。

「子爵夫人になられたナナ先生も、主人公のようで素敵ですね」

「それが……私、全く知らなかったのです。子爵家の使者って人がくるまで全っ然」

「え？」

「だってあの人、農民の私たちより農具の使い方が上手で、野菜の育て方も村の誰より上手で、知識も豊富で農民の鑑だったので……とてもお貴族様とは思いませんでした」

ふう、と溜め息をつく。

「普段からヘラヘラふわふわしている人で、ロマンティックな恋愛とは程遠くて……。経営者の才能はありますし、子供たちのお世話もよくしてくれて、いい夫ではありますけど……」

「メイソン子爵夫人」

サラさんが深刻な顔で先生を見つめた。

「私の知人に、恋愛小説家がいるのですが。恐れながら、ご夫妻をモデルにした小説を執筆してもよろしいでしょうか」

「お知り合いに？　そんなのこちらからお願いしたいくらいだわっ」

「では、この後少々お話をお聞きしてもよろしいでしょうか」

「ええ、もちろんよ」

「まだ著者名などは申せませんが、出来上がりましたら献本いたします」

「出来上がるまでのお楽しみですね。まさかこんな素敵な出会いがあるなんて」

先生はサラさんの手を取り、ありがとう、と嬉しそうに笑った。

話が終わるまで庭園でお茶をしようとクレセット様がおっしゃって、私は差し出された手を取り立ち上がる。先生の「素敵ね」と言う声に、サラさんが「美味しいです」と呟くのが聞こえた。

その夜、ドロシーとデイジーがベッドを整えてくれた後、サラさんにだけ残って貰った。

「……ナナ先生は、悪い人なのかしら」

「奥様には、そう感じられたのですか？」

「私は……ごめんなさい。正直に話すわね」

ナナ先生を疑ったのではなく、クレセット様が、サラさんは恋愛小説が好きだと話した時に違和感を覚えたのだ。サラさんが緊張して見えたのも、先生と二人でお話ししたいと言ったのも、先生を探るためにクレセット様が何かの合図をしたからではと、疑問に思ったことを話す。

「メイソン夫人は、奥様を優秀で聡明だったとおっしゃっていましたね。その通りでした」

そう言って、ふっと目元を緩めた。

「旦那様から、ついでに探るようにとの合図を受けたことは事実です。ですが、メイソン夫妻をモデルにした小説の話も本当です」

「どちらも本当だったのね……」

「ご安心ください。夫人に怪しいところはございませんでした」

「っ……良かったわ……」

ホッとして力が抜ける。先生に教わっていた時期はたった一ヶ月だったけれど、先生が悪い人だとは思えなかった。そして今日、お子さんと旦那さんのことを嬉しそうにお話しする先生が……嘘ではなく、本当に幸せで良かった。

「奥様の敬愛されるお方を疑い、大変申し訳ございません。ですが私は奥様にお仕えする身。どうかご理解くださいますよう」

「ええ、分かっているわ。サラさんにはいつも感謝しています。それに、先生が悪い人ではないという証明にもなったもの。ありがとう、サラさん」

サラさんを悪く思うはずがない。もし先生が悪い人だと判断されていても、私は……サラさんの判断を信じていた。サラさんとクレセット様を、信じているから。

「そうだわ。お知り合いに、小説家の方がいるのね。私も読んでみたいわ」

例え話で気分が沈んでしまい、話題を変える。するとサラさんはまた表情を固くした。

「……もしかしてそのお方は、…………クレセット様？」

声を潜めて言うと、サラさんは初めて吹き出した。私に背を向けて身体を震わせている。

「あっ、ごめんなさいっ、サラさんが言えないお方なら、クレセット様かとっ」

慌てて説明しても、サラさんは身体を折って笑っている。そんなタイミングで扉をノックされ、クレセット様が入って来られた。

「……二人で、何の話を？」

「奥様が、私の知人の恋愛小説家は旦那様ではないかと」

「サラさんっ、ご本人に言わなくていいのよっ」

慌てると、サラさんはまたぷるぷるしながら後ろを向いた。

「私はメリーナに出逢って、初めて愛しいという気持ちを知ったのだが。私たちの話を小説にするのもいいかもしれないね」

「クレセット様も乗らないでくださいっ」

キラキラした笑顔でおっしゃられると恥ずかしくなってしまう。

「読んでみたいと言ったらサラさんが緊張して見えたので、言えないほどのお方なら、と……」

「そういうことだったのか。その作家が書く小説は、君には少し刺激が強いようでね。それで教えられなかったのだろう」

刺激が強い。そんな場面があるなら、今の私にはきっとまだ無理だ。

「それなら、先生の小説も……？」

「それは、どうだろう？」

「奥様がお読みになられても良い小説になるかと思います」

「だそうだ」

「そうですか。ふふ、楽しみだわ」

先生がモデルになったロマンティックな小説。とても楽しみ。

「旦那様。奥様は、私がメイソン夫人を探っていたことに気付いておられました」

それもクレセット様には言わなくていいことなのに。私が慌てると、クレセット様に突然抱きしめられた。

「メリーナ。君は観察眼が鋭いな。やはり教育者に向いているよ」

「えっ、あのっ、ありがとうございますっ」

「君の前では油断が出来ないな。隠すことは、何もないけれどね」

背を撫で、髪を撫で、額に口付けられる。

「乳母殿も、君が可愛くて仕方がなかったのだろう。優秀な君が利用されないよう、公爵から隠し続けてきたのだから」

やはりクレセット様は、乳母も疑っている。それは、私を守ろうとしてくださっているから。

私には乳母が悪い人だとは思えない。それを証明するために、クレセット様に全てお話しした。

乳母が勤めていた商家はきっともう調べている。それならもう、私に渡せる情報は何もない。

少しでもお役に立てれば……そのために出来ることは、過去ではなく、未来の伯爵家を支えることと。今までメイド長と執事が分担していた女主人の仕事を早く覚えることが、この家のためになる。

クレセット様の背にそっと腕を回し、明日からも頑張ろうと気持ちを新たにした。


仕事を覚え、屋敷で働く人たちと交流をして、ダイエットをして。

忙しない毎日に充実感を覚えているうちに、身体はスッキリしていた。まだ一般的な令嬢より大分太いけれど、それでも走っても息切れがしない。

(たった一ヶ月半なのに……)

リバウンドしないように調整しながら進めてきた。前世なら、まだほとんど見た目は変わっていないだろう。少しだけしか軋まなくなった馬車で、私は意気揚々と教会へと向かった。

「アンタ、誰だっ？」

教会に着くと、外で遊んでいた子が他の子たちを背後に隠した。庇うように立つ、凛々しくてみんなより少し年上の男の子。

「メリーよ？」

「メリーはそんなに貧相じゃない！」

「あら、私、そんなに痩せたかしら。キャプテン？」

「っ……なんでそれを」

「それは、私がメリーだから。ジョンは大きな船の船長になって、私を一番に招待してくれるのでしょう？」

メリーが一番で、みんなは二番目。ジョンがそう言った時に他の子たちは怒るかと思ったら、みんな、メリーならいいよと言ってくれた。優しい思い出だ。

「……ほんとに、メリー……？」

「うん、メリーよ」

「う、うえぇっ！」

「ジョンっ？」

突然号泣して、私に突撃してきた。もう背丈が私のお腹の辺りまである。成長を噛み締めていると、ジョンは私にぎゅうっと抱きついた。

「やだぁ！　メリーが痩せたらモテちゃうじゃん！」

「ふえっ……やだあっ！　メリーはぼくたちのっ！」

みんな泣いているのに、好きでいてくれることを嬉しいと思ってしまう。

……今、言ってしまっていいだろうか。隠し事は心苦しいだろうと、クレセット様が許可してくださったことを。

「……みんな、ごめんね……。私はもう、結婚してしまったの」

「誰とだよ！」

「ラーナ伯爵よ」

そう言うと、みんな私を見上げてポカーンとした。

「今度みんなにも、ご挨拶をしたいとおっしゃっていたわ」

昼に一緒に来られるように調整すると約束してくださった。クレセット様は優しいお方だと、子供たちにどう伝えようかしら。

「……まあ、伯爵様なら許してやるよ」

ジョンは涙を拭いながら、渋々といった声を出す。

「伯爵様は、他の貴族とちがう。オレたちを汚いって言わずに、撫でてくれたんだ」

「ぼくを、だっこしてくれたよ」

「泥だらけのマイキーが伯爵様の服掴んだ時は、さすがにオレも死んだー！　って思ったけどな」

ジョンが笑うと、みんなも頷いて笑う。

「クレセット様が、こちらに？」

「うん。もう隠れなくていいって言ってた」

「はくしゃくさま、かくれんぼしてたみたい」

「何から隠れてたか教えてくれなかったけど、無理してオレたちに触ってないのは分かったよ」

クレセット様のことを話すみんなに、頬が緩んでいく。大切な人たちが仲良くなってくれたことが、とても嬉しかった。

「メリー。伯爵様のお屋敷で、嫌なことされてないか？」

「ええ、みんな優しいわ」

「他の貴族には気を許すなよ。あいつらみんな敵だからな」

ジョンの言葉にみんな緊張した顔をする。元々貴族が嫌いな子は何人かいたけれど、ここまで敵視してはいなかった。

「誰か、貴族の人が来たの？」

「うん。ピンクの髪の女で、天使みたいな顔して悪魔みたいな奴だった」

「教会に寄付するって言ってたのに、マイキーが近付いたらすごい顔で睨んで、その汚いものを近付けないでって怒鳴ったんだ」

「こわかったよぅ……」

「護衛が剣まで向けてさ。あの女、オレたちを人とも思ってないんだ」

ジョンは拳を握って低い声で言った。

「……その人、他に何か特徴はなかった？」

「神父様にはすっげー甘えた声で話してた」

「おめめもピンクで、お姫さまみたいだったよ」

「すごい豪華な白い馬車にのってた」

「……鳥みたいな紋章は付いてなかった？」

「ついてた！」

リリアだ……。馬車も紋章も、ベラーディ公爵家の物と一致する。リリアの淡い赤紫色の瞳は、明るい場所ではピンク色にも見える。でも、どうしてリリアがこの教会に寄付を？

「こちらに護衛を常駐させます」

「セドさん……。ありがとうございます、お願いします……」

震える私を、サラさんが支えてくれる。もし子供たちに、神父様に、何かあったら……

「しばらく留まります。奥様の護衛は私が。シュタイン令息は今すぐ手配をお願いいたします」

「分かりました。すぐ戻ります」

二人は小声で話し、セドさんは馬を走らせて戻って行った。子供たちと一緒に見送ると、サラさんは馬車の中から剣を持ってくる。

「戻るまでは、私がお守りします。奥様は子供たちを一室へ集め、授業をお願いいたします」

「ええ、分かったわ。……ありがとう、サラさん。頼りにしているわ」

剣を握る姿も様になっている。普段から扱い慣れている様子が、立ち姿から感じられた。

「神父様が来られたら説明は私が、……いたします」

サラさんはハッとして、視線を落とす。まだ神父様への気持ちは定まっていないようだった。

子供たちは剣に興味津々でキラキラした瞳でサラさんを囲んでいたけれど、「お姉ちゃんはお仕事中なのよ」と教えると素直に離れてくれた。……もし将来、剣士を目指す子がいたら、身分も性別も問わずに夢を目指せる国に……そんな国に、なってほしいけれど。

（この子たちの将来を、殿下とリリアに託すなんて……）

そう考えると血の気が引く。国王陛下は長いことお子に恵まれず、正室、側室、どなたからも王子が生まれない。王女殿下もその夫も、王位は継げない。

（どんな国でも、生き抜けるだけの知識を授けなくては……）

この子たちが、騙されず、上手に強く生きていけるように。

◆

「リリア……。伯爵領に干渉するのは駄目だ……」

従者から報告を受けた公爵は、リリアを部屋に呼び出し、怒ることも出来ずに優しく窘めた。

「私は何もしていないわ、お父さま」

「伯爵領の教会には、何もしてはいけないのだよ」

「私は何もしてないわよっ！」

リリアは突然怒鳴り声を上げる。

「ここにも教会はあるだろう？　何故わざわざ他領に……」

「あの教会の奴らがあの女にいい顔するからっ、私がその座を奪ってやろうと思ったのよっ！」

「……メリーナがあの教会にいると、何故知ったのだ？」

「友達が教えてくれたのっ。あの女が嫌いだからって！」

「それは……」

「お父さまは私が嫌いなの⁉」

可愛い娘に泣かれては、公爵は強気には出られない。すまなかったと謝罪すると、リリアは啜り泣く真似をして見えないところでニヤリと笑った。

「ねぇ、お父さま。寄付ならいいでしょ？」

「……すまない、リリア。先手を打たれたのだ」

「どういうこと？」

「架空の寄付で脱税する者がいることを理由に、役人が介入するようになったのだ」

寄付も使用用途も正常だと確認できれば、従来通りその分は非課税となる。それに加えて寄付額の数パーセント分、税金から控除される。これで寄付者の名と金額が役所の名簿に載ることになる。

真面目に寄付をしてきた者は恐れる必要はなく、少し得もするという改定が成された。

「それの何がいけないの？」

「リリアの名やベラーディ家の名で寄付すれば、伯爵が不審に思うだろう？」

「じゃあ別の名前で」

「偽名から私たちに辿り着かれたらどうするっ」

強い口調にリリアはビクリと震え、今度は本当に涙をこぼした。父親に怒られたことは一度もない。どんなわがままも全て叶えてくれたからだ。

「リリア。これは、私たちへの警告だ。伯爵領には手を出すなという警告なんだ」

公爵はリリアの肩を掴み、必死で説得する。他領のベラーディ公爵家にもわざわざ改定の告知文が届いた。監視されているのか、行動を先読みされているのか。

「何よそれっ……」

「リリアは王太子妃になるのだ。メリーナなどもう、どうでもいいだろう？」

「嫌よ……嫌よっ！　あの女のものは全部奪うの！　惨めに落ちぶれて野垂れ死ぬべきなのよ！」

「リリア……」

公爵としても、可愛い娘の願いは叶えてやりたい。メリーナなどどうなろうと構わないが、伯爵が警告してきたとなると……恐ろしかった。

「リリア、私の愛しい子」

今まで何も言わずにソファに座っていた公爵夫人が、リリアの肩にそっと触れた。

「お母様が、実家のお父様にお話しして、あなたの願いを叶えてあげるわね」

「お母さま、本当にっ？」

「おお、それはいい考えだっ」

伯爵は恐ろしい。だがそれは、メリーナを追うことで伯爵領を荒らすなという警告だと公爵は考えていた。伯爵はメリーナを利用しているだけ。その考えは変わらない。

「で、どうするのだ？」

公爵夫人の実家は伯爵家だが、その父親は国王陛下の重鎮でもある。ベラーディ家の支援を受け、一官僚からそこまで登り詰めた。狡猾で残忍な面もあるが、娘には甘い。

「伯爵の結婚が陛下からのご命令でも、妾《めかけ》を禁止されてはいないでしょう。伯爵でも断れないような女性と、出会わせれば良いのです」

「お母さま素敵っ！　ただ離婚させるだけじゃ足りないものね！」

「伯爵の好みなら、太っている女か？　おとなしい女か？　お前の父親の伝《つて》ならば安心だな」

どのような手を使っても断れない相手を用意出来るだろう。高笑いする公爵と、母親に抱きついて喜ぶリリア。公爵夫人はリリアの髪を撫でながら、血のように真っ赤な唇に、弧を描かせた。


「先手を打っておいて良かったな」

それから十日後。クレセットの執務室を訪れた父親は、ニヤリと笑う。

「脱税を阻止できて、メリーナさんのお世話になった教会も無事だ。いい案だった、クレセット」

既に数件、脅迫や癒着による虚偽報告だと調べが付いた。以前セドに探るよう頼んだ分だ。

教会側が今後金銭を使用する際には、必ず領収書が必要となる。だが購入した店から貰うだけでいい。後は役人が受け取って調べる。これで寄付者に金を戻すという方法を取れなくした。高位貴族への調査が難航するなら、教会側を調査対象にすれば良い。

「元は父上の政策です」

「事前に証拠を集め、私が悩んでいた問題点も全て解決した奴が、謙虚なことを」

クレセットの頭を撫でると、思いのほか振り払われずに父親は手を離すタイミングを逃す。

「……教会の兵士たちは、元気にやっているそうだよ」

「それは良かったです」

父親がそっと手を離すと、クレセットは我に返り、書類に視線を落とした。

十日前のあの日、セドがクレセットに伝えに来た時には、既にラーナ家の私兵が近辺に潜んでいた。セドは安堵に崩れ落ちたものの、クレセットは考えた。教会の中に私兵を入れようと。

父親からは、やる気が出るように信仰心の強い兵たちを送ったと聞いていた。それなら、教会の手伝いをしながら護衛をすればいい。父親には事後承諾を得ようと、私兵にはクレセットの名で指示書を、神父にはメリーナのためだと手紙に書いて、セドに持たせた。

「快適なのか、何年でも続けられるという手紙が届いたよ」

「鍛練さえ怠らなければ、そのまま定住させても良いのではないでしょうか」

「そうだな。その方が彼らも喜び、メリーナさんもいつ訪れても安心だ」

「私も定期的に訪れ、彼らを鍛えたいと思います」

「お手柔らかに頼むよ」

ギラリとクレセットの瞳が光り、父親は苦笑した。

「公爵家の領内立ち入りを止められたのはいいが……この記事は、止められなかったのか？」

父親は持参した新聞をクレセットの前に差し出す。

「メリーナには、帰り次第説明します」

「お前が、今すぐではなく？」

「はい。メリーナには見せないよう、昨夜情報を得た時点で指示をしています」

「……怪しいな。お前が、メリーナさんのことで落ち着いているなど」

今までのクレセットなら、もしもを考えて馬で飛ばして帰っていただろう。

「正式に夫婦となり、メリーナの心は私にあります。何を慌てることがありましょう」

見たことのない爽やかな笑顔。不自然な……いや、妻の話をするクレセットはいつもこうだった気もする。

「……もし見ていたら、嫉妬しているだろうな」

「それが目的ではありません。メリーナを傷つけることを、私がするとでも？」

「すまん……」

淡々とした声で放つ圧力は、母親譲りだ。父親は反射的に小さくなる。

「メリーナは私を信じてくれます。そして、……厄介な案件のせいで帰れない」

「疑ってすまん……」

クッと眉間に皺を寄せるクレセットの肩を、父親は気の毒そうにポンと叩いた。

◆

「クレセット様が、王女殿下とご結婚……？」

夕食後のひととき。前置きをされてから渡された新聞の一面記事に、私は目を疑った。

「もう一度言うが、私にその気はないよ」

クレセット様は私の手から新聞を取り、代わりに手を繋いで優しく私の手を撫でる。

「順を追って話すと、ベラーディ公爵夫人が、私の妾《めかけ》にと女を二人連れてきた。当然断ったのだが、次に連れてきたのは王女殿下だった」

「お母様、ですか……？」

伯父様は国政に携わっている。それでも王女殿下を私的に連れ出せる立場ではない。

「リリアが王太子妃になれば、王女の義姉になる。自分は王女の母親も同然だからと。……王女の利害とも一致したそうだ」

記事にある第二王女殿下は、今年十五歳だ。その殿下の利害だなんて……

「王女は、私と結婚したいらしい」

クレセット様の言葉に、頭を殴られたような衝撃が襲った。王族から望まれれば、どの家門でも断ることはできない。例え……ラーナ伯爵家でも。

「メリーナ。私は、君以外を妻にすることはないよ」

「……ですが、お相手は王族です」

「相手にその気をなくさせればいいだけだ」

「王女殿下は……欲しいものは、手にするまで諦めないお方だと……」

第一王女殿下は淑やかで聡明であり、今は隣国の公爵家に嫁いでいる。でも第二王女殿下は、わがままで強欲で甘え上手だと聞いた。

「奥様、申し訳ございません……姉に説得を頼みましたが、王女殿下の慕う相手と結婚させたいと申しておりまして……」

サラさんが深く頭を下げた。サラさんのお姉様は、第二王女殿下の騎士だ。

「いいのよ、サラさん。仕えるお方を第一に考えるのは当然だと思うもの。……でも、お姉様が信念を持ってお仕えしているお方なら、ただわがままなだけではないのかしら？」

信念はそれぞれだとしても、誇り高いマクガヴァン家だ。

「……姉は、仕える相手の地位が下がると困るとも申していました。自分の地位が下がれば、他の女性騎士たちの扱いも元に戻りかねないと……」

サラさんの言葉に血の気が引く。それなら、私がクレセット様と別れたくないと思うことこそ、わがままだ。

でも……私は、クレセット様と一緒にいたい。離れたくない。涙を堪えていると、クレセット様の手がそっと私の背を撫でた。

「君との結婚の際に、陛下には話を付けている。君に危害を加えるか離婚を命じれば、ラーナ伯爵家は隣国の王家に仕える準備があると」

「…………隣国の、王家、ですか……？」

「隣国の王は、父の友人だからね」

そんな話は初めて……いえ、私は、本や噂でしかお義父《とう》様のことを知らないのだから当然だ。でもラーナ家が国を出れば、この国は瞬く間に潰れてしまうのではないだろうか。それほどまでに貢献している一族だ。

「君は、私が何になろうとついてきてくれるのだろう？」

それは、いつかの会話。クレセット様が商人となり各国を旅することになっても、私は。

「クレセット様に、どこまでもついていきます」

クレセット様がいらっしゃる場所が、私の居場所だから。

私の居場所は、ずっと、ここがいい。みんなとずっと一緒に暮らしたい。

「メリーナ。ありがとう、決心がついたよ」

私の両手を握り、クレセット様は優しく微笑んだ。

「君が私と共にいたいと思ってくれるなら、今すぐ君を拐《さら》っていく必要はないね」

（拐《さら》う……？）

「隣国に渡るのは最後の手段にしよう。それに、君に不自由をさせないために爵位を維持すると、君に約束したからね」

そのお言葉に安堵する。この国が、潰れずに済んだ。

私はクレセット様と一緒にいられれば、場所はどこでもかまわない。でもやはり、教会の子供たちやセドさんと離れるのは寂しい。クレセット様とセドさんも気心の知れたご友人と離れるのは寂しく思うだろう。

「ずっとクレセット様の妻でいたいと、わがままを言っても……良いのでしょうか……」

「君はそれをわがままと思うのか……」

クレセット様が小さく呟いた。

「謙虚な君も愛しいが、もっと欲深くなっていい。いつか、私が困るくらいのわがままを言ってくれたら嬉しいよ」

「……私は、とても幸せにしていただいているので……難しい、です」

わがままを言ってまで望むことは、クレセット様の妻でいることだけ。そう言うと、クレセット様は頬や額にキスをしてくださった。

「君は永遠に私の妻だ。誰に何を言われても、何があろうと、私と別れるなど口にしてはいけないよ。決定は全て私に委ねていると言えばいい。私の口から直接聞くこと以外信じないと。私を信じて、約束して欲しい。いいね？」

「はい、お約束いたします。クレセット様を、信じています」

クレセット様の背に添えていた手でぎゅっと抱きつくと、きつく抱きしめ返された。

(幸せで……泣いてしまいそう)

私にこんな幸せが訪れるなんて……

しばらくして、クレセット様は私をそっと離した。

「タイミングが良かったと言うべきか……しばらく、遠征をしなくてはならなくなった」

「遠征、ですか……？」

「国境付近での小競り合いが激しくなっている。戦争になる前に止めるようにとのご命令だよ」

「そんなっ……」

「戦場に出るわけではないから、安心してほしい。私の仕事は対策を考えることだからね」

宥めるように髪を撫でられる。

「ひと月で収めてくるよ。私が前線にいれば王女との接触はない。その間に王女の気も収まるだろう」

額に口付けられて、指先が頬を撫でた。

「セドの部隊は王城の守りだと言っていたが、今までとそう変わらない。引き続きメリーナの護衛を頼むつもりだ。所属する部隊に話したら快諾されたから安心してこき使ってくれ」

「ふふ、クレセット様のご友人をこき使うだなんて」

思わず笑うと、湖水色の瞳が優しく細められた。

「やはり君は笑っている方がいい。好きだよ、メリーナ」

「っ……あ、ありがとうございます……私も……」

好きです。それを言葉にするだけで、茹で蛸のようになってしまった。

「私たちが戻れば、慰労と称した夜会が開かれる予定だ。私は後片付けがあり少々遅れるが……必ず間に合わせるよ。君と会えるのは、その時になるね」

火照る頬をわざと撫でて私の顔を見つめる。最近少しいじわるだ。

「私、クレセット様に気付かれないくらいに変わってみせますね？」

頬に触れる手の上から、そっと手を重ねた。

「君なら、有言実行してしまうのだろうね。だが私は、必ず君を見つけられるよ」

「気付かれないように、頑張ります」

「残念ながら、今回ばかりは君の負けだ。私の愛を侮ってもらっては困るよ」

クレセット様はそう言いながら優しく微笑んで、……私たちは、初めてお互いの唇を重ねた。


それから二日後。クレセット様は国境へ向けて出発された。

「こんなに急に……」

「遠征の準備は整っていたのでしょうか」

「万全ですよ。クレセットはだいぶ前から準備していましたので」

私とサラさんの言葉に、セドさんが答えてくれる。騎士団からの呼び出しがない限りは、セドさんはお屋敷に泊まり込みでいてくださるそうだ。申し訳なく思っていた私に、「信頼されてるってことです」と笑ってくださった。

「何か予兆が？」

部屋へ戻りながら、サラさんが問いかける。

「前にスパイを捕らえてから、次々に送られてくるようになったんです。正直そろそろ面倒臭いので発生源を潰しておきたい、と言ってたのが先月なので、騎士団の方も準備してました」

スパイという単語に血の気が引く。何でもないことのように話しているのは、この世界では当然のことだからだ。敵国も友好国も、自国を守るために相手国の弱点を握ろうとする。前世でもそうだったかもしれない。でも、ここまで身近に感じることはなかった。

「クレセット様は……本当に、戦場に出ることはないのでしょうか」

私を安心させるために、優しい嘘をついてくださったのではと不安になる。

「戦況が変わることも有り得ますので、絶対にないとは断言はできません。一触即発の状態を打破するために呼ばれたのがクレセットです。現場で指揮を執る者と連携しながら動くので、基本的には後方から指示を出すはずですが、それで収まらなければ直接交渉です」

セドさんは誤魔化すことなく、事実を教えてくれた。

部屋へ入りソファに座ると、セドさんは私のそばに立ち、身を屈める。

「夫人の前では言葉足らずなクレセットも、交渉術には長けてるんですよ。あいつが独自に得る情報は、いつも最強の切り札です。今回もそれで戦争になる前に止めることが出来るでしょう」

サラさんにも聞こえないように、私に近づいてそっと教えてくれた。

「セドさん。本当のことを教えてくださって、ありがとうございます」

「いえ。夫人には嘘をついても見破られてしまうと思いましたので」

「奥様は聡明なお方でいらっしゃいます。それよりシュタイン令息、奥様と距離が」

「すみません」

セドさんはパッと離れた。

「マクガヴァン団長も同行されてますし、本当にひと月で収まるかもしれませんね」

サラさんの目力が強くて、セドさんはへらりと笑って話題を変えた。

「サラさんのお兄様ですね。どんなお方なのかしら」

「兄は父の次に強いですが、見た目が厳ついので、旦那様の後ろに控えているだけでも圧力になると思います」

「頼もしいのね」

サラさんのお兄様なら、雰囲気があって凛々しくて立ち姿の綺麗な人なのかなと想像した。

「……クレセット様はお顔が綺麗だから、か弱く見られてしまうのね……」

お義母《かあ》様に似た線の細さがあって、月の光に消えてしまいそうな儚さがある。着痩せするから、鍛えられたお身体だときっと一目では分からないはず。

「いえいえ、殺気がすごいので大丈夫ですよ」

「奥様。旦那様は仕事になると人が変わります。口を開けばすぐに顔で判断されなくなるかと」

「そうなの？　……そうね。お仕事中のクレセット様は、とても凛々しかったもの」

王城で見たクレセット様を思い出して、じわりと頬が熱くなる。きっと交渉をされるクレセット様も素敵なのだろう。

(戦争を止めに行かれたのに、ときめくなんて不謹慎だったわ)

クレセット様は危険な場所に向かわれたのに、私は何もできずに待っているだけ。私も剣を扱えれば、クレセット様と一緒に……いえ、いくら鍛練してもきっと、守るより守られるだけだ。

「私は、私にできることでクレセット様のお役に立てるように、頑張るわ」

遠征のことも、王女殿下のことも、無闇に動けばきっと悪化する。私は、今の私にできる精一杯のことをしよう。

剣で戦えないなら、知識と情報で戦えばいい。私がこれからもラーナ伯爵夫人として生きていくには、クレセット様のお荷物になってはいけない。そのためには、外見を変えるだけでは駄目だ。

誰からも一目置かれる完璧な礼儀作法、立ち居振舞い。警戒心を緩め、何でも話したくなる雰囲気と表情作り。社交界での人脈作り、嫌味のかわし方、味方に付ける相手の見極め方……

必要と思うことをお義母様《かあ》に相談した日から、シュタイン侯爵夫人……セドさんのお母様とお二人で、私にレッスンしてくださった。

「メリーナさんは基本ができているから、上達が早いわ」

「後は……騙せそう、じゃなくて、騙されたいと相手に思わせる雰囲気が必要ね」

お二人はそう言って、さりげない仕草や目線のお手本を見せてくださった。

「そういえば、慰労会当日のドレスはクレセットと一緒にデザインしたそうね」

「はい。……とても、楽しかったです」

私のイメージするモチーフを伝えて、それをクレセット様が絵にしてくださった。二人でひとつのものを作り出すことがとても楽しかった。

「幸せそうな顔しちゃって～」

「ふふ、すみません、とても幸せです」

お義母様《かあ》が私の頬をつつく。前世でも転生してからも、本当のお母様からは与えられなかった愛情。こうして幸せだと笑うことができて、そう思っても、怒られない。

「私も、可愛い娘ができて幸せだわ」

優しく抱きしめられ、じわりと視界が滲む。もう何度もされているのに、いつも泣いてしまいそうになる。

「当日は、あなたのための舞台よ。準備は進んでいるかしら？」

「はい。ドレスももうすぐ完成だそうです」

情報が漏れてはいけないからと、クレセット様はブティックではなく、屋敷のお針子にドレス作りをお願いしている。過去に有名ブティックに勤めていた人が数名いて、心強かった。

目標の体型に近いトルソーに合わせて作って貰っているから、あとは私が身体作りを間に合わせるだけだ。

「当日が楽しみだわ」

「私もよ」

お二人はクスクスと……とても妖艶な笑みをたたえる。

(これが騙されたいと思わせる、女性の魅力ね)

目の前の素晴らしいお手本に、私も鏡の前で再現してみようと、しっかりとお二人の姿を目に焼きつけた。


翌日、私は教会へと向かった。

「どうか、クレセット様をお守りください……」

クレセット様と出逢わせてくださった神様は、きっとクレセット様をお守りくださる。

たくさんの幸せを、喜びを、今度は私がクレセット様にお渡ししたい。だから……

（どうか、ご無事で……）

何度も祈りを捧げる。悪い方へ向かいそうな思考を振り払い、クレセット様のご無事のお帰りを、ただただ強く祈った。

帰りの馬車の中でも、クレセット様のことばかり考える。でもそこで、突然馬車が止まった。

「奥様。決して外に出られませんよう」

「っ……分かったわ」

外でセドさんが馬から下りる音がした。サラさんも剣を持って、静かに馬車を降りる。

「前に二人、木の陰に左右、五人ずつです」

「厄介ですね」

そばで二人の声が聞こえる。当日まで誰かに見られないようにと着ていたマント。そのフードを深くかぶり、私は息を殺して身を潜める。

「その馬車、中身ごと置いて行って貰おうか！」

野太い男性の声が響いた。

「雇い主は誰だ？」

「んなモンいねぇさ。俺らはただの盗賊だ」

「盗賊ねぇ。それにしては、よく手入れされた剣だ」

セドさんの冷たい声。その言葉の意味は……相手は兵士か、暗殺者ということ？

まさか、リリアが……いえ、もしかしたら、王女殿下からの警告で……？

「情報を吐かせます。殺さずに生け捕りでお願いします」

「分かりました。正面と左は俺がやります。令嬢は右を……」

そこで、大きな金属音が響いた。剣のぶつかる音だ。数回響いて、ドサドサと何かが倒れた。

「かっけぇ……」

そばで、セドさんの感嘆の声がした。

「さすがマクガヴァンの獅子っ……うわっ!!」

「喉を掻き斬られたいのですか？」

「すみません!!」

「相手は殺す気で来ています。それなりの対応を」

「はい!!」

セドさんのとても良いお返事の後は、野太い悲鳴が何度か聞こえて、あっと言う間に静かになった。

「もう一度聞きます。雇い主は誰ですか？」

静まり返った中で、今度はサラさんが問いかける。それでも返答はなかった。

「では、話す気になるまで少しずつ身体を削っていきます」

「こっわ……」

「待っ……アント男爵家の長男です!!」

「俺らは依頼されただけの、ただのまっとうな暗殺者です‼」

「暗殺者の時点で真っ当ではありませんが」

暗殺者という単語よりも、サラさんのあまりに冷たい声に身が竦んだ。

「その長男が、どのような依頼を？」

「ラーナ伯爵様の奥方を消すようにとっ……」

「伯爵が惚れた女だから出来るだけ残忍な方法で、との依頼でしたっ」

その言葉に血の気が引く。本気で殺すつもりだったなら、サラさんとセドさんも危なかったはずだ。……でも、二人とも、とても強かった。見えなかったけれど、剣のぶつかる音もそんなに回数はなかった。

「嘘は言ってないようですね。この人数ですし、俺が彼らを見張ります。令嬢は夫人を屋敷に送り届けてから、応援を呼んでください」

「残るのは私が」

「いえ。令嬢は、夫人と一緒にいてください」

セドさんがそう言っても、サラさんは答えない。

「確かに俺の方が弱いですが、こうしてしっかり縛り上げてますし、見張るくらいは出来ますよ」

「女より弱いと、認めるのですか？」

「戦いは勝った方が強いんです。俺は令嬢と戦って勝てる気がしない。ただの事実です」

セドさん、かっこいいわ……親しみやすくて可愛い印象があったけれど、考え方も、それを優しい声で言うところもとてもかっこいい。

「……すぐに戻ります」

サラさんは彼らから私が見えない方の扉から戻り、すぐに馬車は出発した。

だから私たちはこの後のことは知らない。

「さてと……。時間は、たっぷりあるな。……もうちょい話を聞かせて貰おうか？」

馬車を見送ったセドさんの気迫に、男たちが顔を青くして猛獣を前にしたかのように震え出したことも、知る由がなかった。


暗殺者は護送され、アント男爵家の長男は拘束された。セドさんは長男と話してきたと、屋敷に戻った二人から聞かされた。

「彼らは元傭兵で、ギャンブルの借金返済のために暗殺者集団に所属し、今回の依頼を受けたそうです。暗殺者集団といっても仕事を斡旋するだけで、特別な訓練もないそうですけど」

「暗殺者の質も下がったものね。訓練されていないなら、ただの傭兵じゃないの」

お義母様《かあ》が忌々しげに吐き捨てる。

「でも……そのおかげで、メリーナさんは助かったのよね」

私を抱きしめてくださったお義母様《かあ》は、小さく震えていた。こんなに大切に想われて……私は、幸せ者だ。お義母様《かあ》の背に腕を回して抱きつくと、ますますきつく抱き返された。

「メリーナさんは、クレセットの買った恨みに巻き込まれて……」

「それが……動機は、それだけじゃないんです。長男は、リリア嬢の愛人らしいんですよ」

「え……あの子、殿下との結婚もまだなのに愛人を？」

「驚きですよね」

セドさんは肩を竦めた。

「彼女の心を得て自分の妻に迎えようと、あれこれ画策してたそうです」

つまり、二人の憎む相手が、たまたま夫婦になった。それを利用してどちらも消してしまおうと。

それでリリアを喜ばせて心を得ようと……

「私を殺したところで、あのリリアが王太子妃の座を捨てるわけがないのに……」

「それも分からないほどあんな女に執着しているなんて、理解できないわねぇ」

「あの女の何がいいか俺にはさっぱりですけど、そこまでして手に入れたい何かがあるんでしょ」

セドさんの言い方には、どこか棘があった。

「セド君なら裏は取っているでしょうけど、よくそこまで吐かせたわね」

「普通に話してくれましたよ」

「やだわぁ……クレセットの影響かしら。今の笑顔似てたわよ」

キラキラと爽やかな笑顔だった。

「ええっ……これからクレセットのことからかえないじゃん……」

セドさんは苦笑して、ご自分の頬を両手で摘《つま》んだ。

「身の上話を聞く流れで吐かせただけですよ？　傭兵はいつ雇い主に裏切られるか分かりませんし、

弱点を握っておくものですから。長男の方は、ちょっとつついたらすぐでした」

ちょっとした脅し、かしら。セドさんも王国の騎士様だもの。そんな面もあるわよね。

「セドさんは剣術も交渉術も素晴らしいのですね」

「えっ……ありがとうございます……」

「セド君、メリーナさんに惚れたら駄目よ～？」

「違いますって～。不意打ちで褒められたら誰でも照れるでしょ」

セドさんとお義母《かあ》様のやり取りが微笑ましくて、頬が緩んでしまう。

「一応、クレセットがそこまで恨まれてる理由も話しておきますね。男爵家の長男は顔が良くてモテるんですが、当然クレセットには劣るので、長いことクレセットを目の敵にしていました」

クレセット様には、どなたも勝てないわよね……。

「クレセットが現れれば、自分の周りにいた女性たちはみんな引き寄せられていく。それなのに女性を煙たがるところが気に食わなかった。予想通りの証言をしましたよ」

そこで話は終わった。

「そんなことで……？」

「そんなことです。リリア嬢の存在がなければ、さすがに実行には移さなかったでしょうが」

理性があったなら、ラーナ伯爵家を敵に回そうなど思わないはず。リリアを好きになったから、リリアなら喜んでくれると思ったから、実行に移した。

「でもそれは、私がリリアに恨まれているから……」

私の存在がなければ、男爵家の長男は暗殺者を雇わなかった。私がクレセット様と結婚しなければ……

「……ですが、理由はどうあれ、彼はしてはならないことをしたのですよね」

私のせいで。私がいなければ……

ずっとずっと自分が悪いのだと思ってきた。信じてきた。

でも、今信じるのは、愛する人たち。私を愛してくれる人たちだ。

「そうよ、メリーナさん」

うつむきそうになった顔を上げると、お義母様《かあ》が褒めるように私を抱きしめてくださった。

「長男は拘束、暗殺者集団のアジトは証言通りの場所にあったので一掃しました」

「ひとまずこの件は一件落着ね。もう何も起こらないといいけど」

その場の全員が、重い溜め息をついた。

◆

その晩、メリーナの部屋を出たサラは、来客用の部屋を訪れた。

「シュタイン令息。少々よろしいですか？」

「令嬢？　どうしました？」

セドはのんびりと首を傾げた。敵の襲撃なら、セドが誰より早く察知している。メリーナに異変があったなら、サラがここまで落ち着いているはずがない。そう瞬時に判断した。

入っても良いかと問うサラをソファに促し、自分もローテーブルを挟んだ向かい側のソファに座ってから、セドは気付く。夜中に女性を部屋に入れるのは、とても良くない。

「あの、やっぱり」

「あなたは私を、ただ剣を扱う者として認識しているのですね」

「えっ、そんなことは」

「旦那様も奥様も、あなたのそんなところを好ましく思っているのでしょう」

ふっと微笑む。女性に優しく女心が分かり礼儀も忘れないシュタイン家の次男が、男同士のようにあっさりと部屋に通した。それは、その目で見てサラを剣士として認めているからだ。

「すみません……夫人の護衛という認識が一番にきまして……女性だと忘れていたわけでは」

「それでいいのです。私は、剣を扱う者として話しに来ました」

サラはまた笑みを浮かべ、部屋を見渡す。

「襲撃された時から気になっていたのですが、あの剣は、まさか……」

「あ、そうです。鍛冶師の神様と呼ばれている方の剣です」

クレセットが夫婦旅行の土産に送ってきたのが、このとんでもない剣だった。認めた者にしか売らない、作らない神様は、まさかのクレセットの知人だった。事前に頼んでいたものを受け取って来たそうだが、騎士団で見たセドを気に入りこの剣を造ってくれたと聞いて、また震えた。

「……拝見しても？」

「ええ、どうぞ」

セドは剣を取りに行き、サラに渡す。

「大事なものをそう簡単に預けて良いのですか？」

「令嬢なら間違った扱いはしないでしょうから」

「……ありがとうございます」

認めて貰えることが嬉しい。そして今のセドは、宝物を自慢したい子供のように見えた。サラは立ち上がり、そっと剣を鞘から抜き、灯りに翳す。

「剣を傷つけたくなくて、反応が遅れたのですね」

「気付いていてましたか……」

「気持ちは分かります。私もあなたのように、剣を庇って蹴りで対処しようとしたでしょう」

「そこまでバレて……」

「あれは誰にでも分かります」

「ですか……」

セドは力なく笑う。さすがに途中から腹を括ったが、他の剣を持参すれば良かったと後悔した。

「剣は使ってこそと分かってはいますが、実際に使うとなると勿体なくて」

「分かります。ですが実戦で使用すると、この剣の本当の良さを知ることが出来たのでしょう」

動きがみるみる良くなっていましたから。そう言って剣を慎重に鞘に収め、セドに返した。

「もういいんですか？」

「はい。これ以上は手が震えて落としそうです」

「あー、俺も同じです。神様の剣ですもんね」

明るく笑って剣を元の場所に戻しに行くセドを、サラは見つめる。

偏見もなくこうしてすぐに相手を信用する。それは考えが甘いのではなく、しっかりと相手を見極める目があるからだ。……女性関係では、よく騙されていると聞いているが。

「そういえば。令嬢は慰労会のパートナーは、もう決まってますか？」

メリーナを密《ひそ》かに護衛するため、マクガヴァン家の令嬢として参加するという話をしていた。

「いえ、今回はパートナー必須ではないので」

あくまで主役は、国境付近で奮闘している彼らだ。彼らを労うために個々で集まったという名目のため、パートナーは不要。だがそれも形だけで、参加者は己が主役になろうと飾り立て、より良い縁を探して駆け回る。つまり今回も、パートナーがいなければそれなりに注目を浴びるということだ。

「何か異変があった時に、一人より二人の方が気付きやすいと思います。形だけでもパートナーとして一緒に行動しませんか？」

「……それもそうですね」

さりげなく理由を変えたセドの提案に、サラは納得する。

「パートナーとして色を合わせるにも、私の手持ちのドレスが、紺、紫紺、紫、深緑ですが」

「見事に沈む色ばかりですね……」

「個人的には紺色が落ち着きますが、お持ちですか？」

「あります」

「宝飾品は透明もしくは黄系でいかがでしょう」

「分かりました。目立ちすぎない程度に、ですね」

こちらから何も提案せず、相手の反応を窺う必要もなく、全て決まっていく。初めてのことにセドは戸惑いよりも、心地よさを感じた。

「今回は目立たない方がいいですけど、令嬢は黄色やオレンジのドレスも似合いそうですね」

「明るい色はあまり……」

「似合うと思いますよ」

さらりと言って笑顔を見せるセドに、サラは目を伏せる。お世辞でもなく、ただ本当に似合うと思って言っている。自然体でこれなのに、何故女性に相手にされないのかと不思議に思った。

◆

それから二週間が経った。

「何も起きないわね……」

何度教会を訪れても妨害はない。街には行かないのでリリアと遭遇することもない。王女殿下や公爵夫人からの接触もない。

「このまま当日まで……」

「奥様！」

「殿下がっ……王女殿下がお越しです！」

何事もなく過ぎればと願った途端、ドロシーとデイジーが慌てて部屋に駆け込んできた。

「話はすぐ終わるからと、馬車の中でお待ちですっ」

「……馬車から降りられるつもりはないのね」

それなら……

「緩い服を、できるだけ着込んでいくわ。柄物のストールも何枚か出して貰えるかしら」

「はい！」

重ね着とストール、髪も下ろして前髪は乱した。これなら今のこの姿を隠せるかもしれない。

手早く着替えて、エントランスで待つ馬車に駆け寄る。失礼のないように挨拶をすると、王女殿下は馬車に乗ったまま窓だけを開けた。

「はじめまして。メリーナさん、だったかしら？　用件だけお話しするわね。ラーナ伯爵と離縁してくださらない？」

カーテン越しの姿は見えない。鈴の鳴るような愛らしい声だけが響く。リリアのように甘えてねだる声ではなくて、愛らしくも、断ることは許さないという命令を含んだ声。

「……申し訳ございません。決定は全て、夫に委ねておりますので……」

どんな反応が返るか怖い。それでも、クレセット様を信じてその言葉を口にした。

「夫、ね……。その夫が了承したのだとしたら？」

「夫の口から直接命じられれば、従います……」

頭を下げ、前髪で顔を隠したまま、できるだけ弱々しく告げる。私が頷いたところで何の役にも立たないと、そう思って貰えるように。

「ふふっ、よく躾《しつけ》のできた妻だこと」

機嫌を損ねるどころか、王女殿下は楽しげに笑った。

「いいわ。慰労会の日に、直接お話ししましょう」

カーテンの下から扇子が覗き、隙間から弧を描く赤い唇だけが見えた。

「楽しみにしているわ。ラーナ伯爵夫人？」

小さな笑い声を残して、馬車は走り去って行った。

「……あっさりとお帰りになりましたね」

「そうね……」

ただ様子を見に来られたのか、牽制か、それともその両方か。

「私の姿を見て、攻撃するまでもないと思われていたなら成功ね」

部屋に戻り、着込んだ服を脱ぐ。

「……サラさんのお姉様は、以前は第一王女殿下の護衛をされていたのよね？」

第一王女殿下は人柄も良く、国民からの人気もあった。

「はい。他国へ嫁がれる際に、第二王女殿下から譲ってほしいとねだられたそうです」

「他の女性の騎士では駄目だったのかしら？」

「姉が言うには……格好良いから、とのことでした。姉は昔から女性人気が高いのですが、まさか、第二王女殿下の目に留まるとは……」

女性人気が高い。騎士服を着て剣を帯びた、かっこいい女性。……なるほど。前世の記憶がある私は、すぐに納得した。

「そう言われてみれば、殿下の周りは、騎士も侍女も凛々しい女性が多いわね」

お義母《かあ》様が眉を寄せる。

「……凛々しい女性が好きなのかしら？」

「……だからクレセット様を」

私とお義母《かあ》様の声が重なる。するとお義母《かあ》様は口元を押さえて笑い出した。

「奥様。旦那様は女性というには大変無理があるかと」

「お顔が綺麗という意味よっ？　クレセット様は凛々しくて綺麗だものっ」

「クレセットは私に似て美人だものねぇ。顔が理由で欲しがられるのは、いつものことよ」

王城に行った時も、クレセット様はたくさんの女性に慕われていた。

「……クレセット様はお顔だけではないのに。そんな理由でクレセット様を欲しがるなら、私は何があっても別れないわ」

うつむいて心の中で考えたはずが、声に出てしまう。

「メリーナさんありがとう！」

「ありがとうございますっ」

ハッとした時にはお義母《かあ》様は私に抱きついて、サラさんはそっと手を合わせていた。

◆

「ねぇマヤ。あの酷い格好、見たかしら?」

王城へ向かう馬車の中。第二王女はクスクスと笑う。向かいに座るマヤと呼ばれた人物は、無言でただ頷いた。

「元ベラーディ公爵令嬢の、メリーナさん……ね」

窓の外を見つめて呟く。

先程カーテンの隙間から見た光景。とてもじゃないけれど、あの美しいラーナ伯爵の妻とは思えない人物が、そこにいた。猫背で丸々として服の組み合わせも酷く、うつむいた顔は前髪で隠れて見えなかった。

「マクガヴァン子爵家三女のサラさん。シュタイン侯爵家次男のセドさん。二人とも、私を警戒した顔をしていたわね。……ふふ、面白いわ」

スッと目を細め、深紅の唇に弧を描かせる。

「ねぇ、マヤ。あの二人も欲しくなっちゃった♡」

ワントーン高い甘えた声を出し、ニッコリと愛らしい笑みを浮かべた。

「伯爵が帰ってくるまでに、作戦を立てなきゃね。一緒に考えてくれる？」

「承知致しました」

マヤの答えに、あれは、これは、と早速頭を悩ませ始めた。

◆

王女殿下に会ってから、私は更に努力した。

レッスンと伯爵夫人の仕事で頭を動かし、ウォーキングで姿勢を矯正、乗馬で体幹を鍛えて、全体的にバランス良く引き締めた。

基本は規則正しい生活とバランスの良い食事と、何より睡眠だ。質のいい睡眠は肌も髪もツヤツヤになり、寝ている間に脂肪も燃える。頭もすっきりして、記憶力、思考力、全ての効率が上がる。多すぎず少なすぎず適度な睡眠は本当に大事だ。

（睡眠時間が足りないと、食欲が抑えられなくなるのよね……）

食べても食べても満腹が分からなくなる。公爵家でも前世でも、同じ体験をしていた。

それを回避し、慰労会の数日前には、目指していた理想の姿が鏡の中に映し出されていた。

そして迎えた慰労会当日、改めて自分のプロポーションを確認する。

「……完璧、ね」

私には、この世界にはまだない、パーソナルカラーと骨格タイプの知識がある。自分に似合う色と服の形、メイク方法を知れば、その人の魅力を何倍にも引き出せる。

（私の肌は、セミマットに見えるように……）

下地とファンデーションで内側から発光するような優しいツヤを出しつつ、テカって見えないようにふわっとお粉をはたいて、上品に見えるように仕上げる。

（アイシャドウは……青み寄りの淡いパープルを、控えめに）

細かいパールがチラチラして、光の加減で水色にも紫にもピンクにも見える色を選んだ。夜会だから顔色が沈まないように、上瞼の中央には、大胆に輝くシルバーを乗せる。

目元を印象的にするために、アイラインは睫毛の隙間を埋めるように入れて、目尻はスッと自然に流す。マスカラは長さを出すタイプを塗った。

（リップはローズ系で、ツヤ重視っと）

全体的に上品な大人の女性に仕上げて、口元で少しあどけなさを残す。後はドレスを着てから微調整だ。

「本当に綺麗なドレスね……」

何度見ても感嘆の溜め息がこぼれる。白をベースにして上に透け感のある布を重ねた。紫陽花のようなとても綺麗な色だ。形はマーメイドラインで、自信がなければとても着られない。

これを着こなせば会場中の視線を集められる。『君なら出来ると信じているよ』、クレセット様はそうおっしゃってこのデザインを選んだ。そのすぐ後で、私の肌を他人に見られるのが嫌だ、と悩み出してしまったけれど。

（肌の出る部分は、他のドレスとそんなに変わらないのよね）

肩と二の腕が出ていても、今の私は何も怖くない。

（髪はハーフアップで、片側の肩に流して……）

後ろで結んだ部分を丸くまとめて、紫陽花を模した銀細工の櫛を挿す。胸元と耳には雨粒のようなアクセサリーで、ゆらゆらと揺れるタイプを作って貰った。

（雨上がりの紫陽花、イメージ通りにできたわ）

この世界にも紫陽花は存在し、紫陽花みたいな人、という言葉もある。女神のように美しい人という意味合いがあり、クレセット様は「メリーナのことだ」と優しく微笑んでその言葉を教えてくださった。

「奥様、とても綺麗です……」

「女神様です……」

ドロシーとデイジーは、いつものようにハイタッチして元気に褒めてくれない。どこかおかしかったのかしら。準備を終えて、再度鏡の前に立つ。

（……メリーナ、こんなに美人だったのね）

予想を遥かに超えていた。

今日までメイクは必要最低限にして、紫外線対策とスキンケアに力を入れていた。体型も顔も整えた今、肌は透明感を増し、瞳は大きく、顔は華やかになった。美人で、可愛さもある顔立ち。

「これなら、クレセット様のお隣に立っても許されそうね」

クレセット様のお美しさには、到底及ばないけれど。

「神々の絵画のようになると思います！」

「美の神様と女神様です！」

二人はハッとして、ハイタッチして喜んでくれた。

「奥様……お美しいです」

「サラさん、ありが………とても綺麗だわ……」

別室でメイド長に準備をお願いしていたサラさんが、部屋に戻ってきた。

ドレスは紺色で、首元は黒のレース生地。知的で上品な印象でとてもよく似合っている。宝飾品は控えめだけど、夜空に広がる星の瞬きのようで、……とても美しかった。

「お化粧も似合っているわ。サラさんはマット肌にしてリップをメインに他の色味を抑えて仕上げるのが似合うと思っていたの。ハイライトと……お肌に少しゴールドのお粉を乗せたのね？　夜会にぴったりだわ。メイド長、さすがいい仕事するわね」

思わずサラさんに近付いてまじまじと見つめてしまう。

「あのっ、奥様っ……」

「あっ、ごめんなさい、サラさんがあまりに綺麗でつい……」

サラさんは顔を真っ赤にして私から離れてしまう。でもそこでは、ドロシーとデイジーがキラキラした瞳でサラさんを見つめていた。

「失礼します。準備が終わられたと聞……」

ノックに答えると扉が開き、セドさんは笑顔のまま彫刻のように動きを止めた。

「…………マクガヴァン、令嬢……？」

「はい」

サラさんはスッと背筋を伸ばす。セドさんはハッとして、一度扉を閉めてしまった。この反応、もしかして……？　そう思っていると扉が開き、セドさんはいつもの明るい笑顔に戻っていた。

「失礼しました。マクガヴァン令嬢、とてもお美しいです」

「ありがとうございます」

サラさんの方はいつも通りね……

今日のセドさんはサラさんと合わせた紺色の正装姿で、前髪も片側を上げて、大人っぽい雰囲気。普段の親しみやすいお姿に慣れているから、とても申し訳ないけれど、こんなにかっこいい男性だったのね、と驚いてしまった。

「……シュタイン令息は、あまり社交界に顔を出されないのですか？」

「いえ、情報集めによく出てますよ？」

「でしたら何故、その見目と性格で婚約者が出来ないのでしょう」

「それはー！　運命の人に出逢うためです！」

「違う女はー！　神様が遠ざけちゃうんです！」

ドロシーとデイジーはすっかり気付いていて、サラさんの周りで手をパタパタした。

「運命……そうかもしれませんね」

サラさんは二人の頭を撫で、微笑む。

「良いご縁があるといいですね」

「えっ……はい、ありがとうございます」

そう答えるしかなくて、セドさんは無理矢理笑顔を作った。ドロシーとデイジーは、サラさんに撫でられながら不憫そうにセドさんを見上げている。セドさんは、こんなに分かりやすいのに……

「奥様、参りましょう」

クレセット様に、二人のお手伝いをした方がいいか相談してみないと……

でも、クレセット様も私が初恋だとおっしゃっていたのよね……

「奥様？」

恋愛は当人たちの気持ちの問題だから、私が介入しない方がいいかしら……

「奥様ー！」

「復讐のお時間ですよー！」

ドロシーとデイジーの声に、意識を引き戻された。

「っ、そうだったわ。ありがとう、ドロシー、デイジー」

サラさんに続いて私も二人の頭を撫でると、二人は嬉しそうに笑った。

「奥様は、今日のために頑張られてきたのですっ」

「今日が本番ですっ、気合いを入れていきましょうっ」

「ええ、絶対に成功させてくるわね」

クレセット様からは、王太子とリリアを見つけたら復讐を始めてもいいと言われていた。その時には君の元へ駆け付けているよ。そう、甘い声で囁かれて。

クレセット様が戻られたという報告はまだ受けていない。でも、私は、クレセット様のお言葉を信じている。

王城内の大広間には、国中の貴族が集まったのではと思うほどに人が溢れていた。

高位貴族の到着を告げる声も響かない。誰もが好きな時間に入場して、思い思いに楽しんでいた。あくまで遠征に参加した方々を労うための宴。今夜は羽を伸ばし、明日、国王陛下からの褒賞の授与式が行われる。

（でも、こんなに人が多いなんて……）

主役の方々を邪魔しないよう、決行はこっそりとしようと思っていたのに……人目のない場所なんてあるかしら？

「視線が下がっていますよ、ご令嬢」

「っ……はい」

一人で入場しては人が群がってしまうと、クレセット様がパートナーを用意してくださった。

「あちらの女性は、どなたかしら？」

「初めてお見かけするわね」

会場に入ると、視線が一気に私たちに集まる。

「メイソン子爵とご一緒なら、他国のご令嬢かしら？」

私をエスコートしてくださっている紳士的な熟年男性は、ナナ先生の嫁ぎ先のご当主であるメイソン子爵だ。他国の王侯貴族を留学生として迎える際は、メイソン子爵家の方々がエスコートをされる。それでクレセット様は子爵を選ばれた。

私はナナ先生の元生徒で、教会の子供たちに勉強を教えている。努力を重ねた姿で夜会に参加して皆を驚かせ、公の場で婚約破棄をした礼儀知らずの元婚約者と、婚約者を奪った妹を見返したい。そうお話ししたら、快諾してくださったそうだ。

『礼儀を知らず勉学を軽視する王太子に、どのような方法であろうとひと泡吹かせてやりたいと常々思っておりました』

子爵は先ほど馬車の中でそうおっしゃって、クレセット様のような輝く笑顔を浮かべた。クレセット様とはとても気が合うのではないかしら。

「口角は上げ過ぎずに」

そっと教えてくださる子爵に微笑んでみせると、今の角度を忘れずに、と優しい声が返った。

「あちらのお美しい方は……？」

「紫陽花のようなお方ね……」

「あのドレスを着こなせるなんて……」

「完璧な体型ね……」

ヒソヒソと囁かれる声は以前とは正反対。その中を、私は背筋を伸ばして歩いていく。誰も私がメリーナだと気付いていない。それほど変われたのだと思うと、とても気分が良かった。

「西側のバルコニー付近に」

サラさんが擦れ違う時に、目的の場所を教えてくれる。子爵が会場内を案内するふりで、そちらへ誘導してくださった。

「では、私は近くで見物させていただきます」

「はい。メイソン子爵、ありがとうございました」

「努力は裏切りません。肩の力を抜き、あなたらしく堂々といなさい」

その言葉に、ふっと余計な力が抜ける。これからが本番だという興奮と……やはり緊張していたことを、子爵には気付かれていた。

私は微笑みを浮かべて、完璧に仕上げたカーテシーを見せる。子爵は満足そうに頷いて、私を送り出してくれた。


吹き抜けの大広間の両側には、二階通路を支える柱が並び、柱の向こうにバルコニーがある。会場の端はひと気がなく、柱の陰に目当ての髪色が見え隠れしていた。

(新緑色のドレス?)

私の靴音を聞き、そばにいた誰かが走り去って行く。リリアではない。それが誰か……気にするのは、後にしよう。

「王太子殿下。ご無沙汰しております」

まずは目の前の復讐だ。

「あなたは？　……いえ、申し訳ない。あなたのような美しい人を忘れるなど、王太子失格です」

低姿勢からきた。賢さを装い口調も変えて、声も少し低くして。

「失格だなんて……私程度では、殿下のお記憶に残らず当然ですわ」

「何を言うのですか。あなたは、この会場の誰よりお美しいではありませんか」

「まあ、そんな」

「嘘ではありません。まるで妖精、いえ、女神のようです」

「ふふ、ありがとうございます」

肩に触れられて、鳥肌が立ってしまう。

「ああ、良い風。少し風に当たりませんか？」

不自然にならないように殿下から離れて、上目遣いでそっと見上げる。リリアのやり方を真似すると、殿下は二つ返事で私についてきた。

「月明かりに照らされたあなたは、まさに月の女神です」

「身に余るお言葉です。……ですが、王太子妃殿下にはかないませんわ」

一週間前、リリアが子供を身籠ったことが分かり、結婚式は後日にして二人は婚姻証明書にサインをした。号外を見た時、少しはショックを受けるかと思ったのだけど……

(やはり私はもう、少しも殿下に未練はないのね)

その時になっても揺れない心に、密《ひそ》かに安堵していた。優しくされている今も、何も感じない。

「ああ……あれより、あなたの方が美しい。あれと離縁してあなたを妃として迎えたいくらいだ」

あれ、って……リリアのこと？

二人は仲が良かったはずなのに……それとも、別の女の前だから？

動揺が顔に出る前に、私は目的を果たすことにした。

「私にはとても務まりませんわ。殿下ご本人が、そうおっしゃいましたでしょう？」

殿下の手が腰に触れそうになり、柔らかく微笑んで距離をとる。

「殿下、私の名は、メリーナと申します」

「メリーナ……？」

誰だったかと、私をまじまじと見つめる殿下。

「外見だけでなく、心まで醜い、あなたの元婚約者のメリーナですわ」

「メリーナ……メリ、っ……まさかっ」

「思い出していただけました？」

顔を青くして私から離れたのに、にっこりと笑ってみせれば、殿下はポーッとした顔で近付いてきた。

「あの頃の私は、愚かでしたわ。本当に殿下と結婚出来るものと思っておりましたもの」

眉を下げて悲しげな顔をする。これはお義母《かあ》様直伝だ。

「努力してこの体型を取り戻しましたのに……殿下にお会いして、この程度で満足してはいけないと、目が覚めましたわ」

指で涙を拭うふりをして、儚げに微笑む。これはシュタイン夫人監修だ。

「今の君は美しい。私の隣に立つに相応しいじゃないか」

「殿下のお隣に、相応しい……」

「ああ、そうだ。だからメリーナ、改めて私と婚約を」

「殿下に相応しい程度では、駄目ですわね」

「は……？」

伸びてきた手からするりと逃げて、にっこりと笑った。

「やはり痩せるだけでは駄目ですね。もっとお肌と髪のお手入れにも力を入れなくては」

わざと溜め息をつくと、殿下はあからさまにホッとした顔をした。

「私のために、まだ美しくなってくれるのか！」

殿下は頬を高揚させる。ここまでポジティブな人だっただろうか。

「殿下のためと申しましたら、私を王太子妃にしてくださいますの？」

「ああ、勿論だ！　君が望むなら、今すぐにでもリリアと離縁しよう！」

「なんですって!?」

突然怒鳴り声が響いた。

（リリア？　どうしてここに？）

ふと見ると、扉のそばでセドさんが止められなかったとばかりにパタパタと手を振っていた。

きっと殿下の姿が見えなくて探しにきてしまったのね。

「どういうこと⁉　私を捨てようって言うの⁉」

「またお前は、下品に喚くな」

「なっ……下品ですって⁉」

（え……？）

二人はここまで仲が悪くなっていたの？

リリアの大声で人が集まってくる。会場の中まで雰囲気が悪くなる前に、場所を変えて……

「もう我慢の限界よ‼　陛下の側室や貴夫人たちと不倫してたことも黙ってたのに‼」

（不倫っ？）

それなら、先ほどの新緑色のドレスの女性も？

「側室？」

「貴夫人？　誰のことだ？」

「ボケッとしてるあなたたちよっ！　そのうち貴族の家門には、殿下の子がたくさん産まれるでしょうねっ！」

なんてこと……

「今の話は、事実か？」

国王陛下までお越しになられてしまった。

「う、嘘です！　あれは精神を病んでいるのです！　だからあんな世迷い事を！」

「なっ……ひどい……！」

殿下が他人のせいにするのは今に始まったことではないけれど、さすがにリリアが可哀想だ。

「酷いのはどっちだ!!　お前は婚約前から男たちと関係を持ってたくせに!!」

「それはあなたがつまらない男だからでしょ!!」

「お腹の子も誰の子か分かったものじゃない!!」

「アンタの子じゃなければ救いよね!!」

リリアもリリアだった。お似合いね、と誰かが笑った。

「つまり、二人とも不貞を認めるということだな?」

国王陛下が重々しい声でおっしゃる。大勢の前でお互いの不貞を晒《さら》し合ってしまっては、もう言い訳はできない。

「っ……お前のせいだ!　お前が私を誘惑したせいでっ……」

「痛っ……」

殿下が私の腕を掴む。でもその手を、誰かが掴んで離させてくれた。

月明かりに照らされ、目映く輝くプラチナ。銀刺繍の施された黒のジャケット。袖口から覗く、淡い青紫のカフスは……

(クレセット様……?)

顔を上げると、ずっとずっと会いたかった人が、そこにいた。

顔立ちの整った殿下すら足元にも及ばないほどの、神々しい美貌。ゾッとするほどに美しい微笑みをたたえて、殿下を見下ろしていた。

「私の妻が、何か？」

「ぁ……妻、だとっ……？」

「ええ。私の最愛の妻ですが？」

クレセット様は殿下から手を離して、私の肩をそっと抱いてくださった。

「君が、王太子殿下を誘惑したそうだが」

「いいえ。私はただ風に当たりに来ただけですわ」

「そうだろうね。君が私以外を愛するはずないと知っているよ」

「ええ、クレセット様」

私は柔らかな微笑みを浮かべた。国王陛下からの信頼も厚く、不貞とは程遠い女性嫌い、更にはこの美貌。誰がこの伯爵を捨てて他の男と不貞を働くと思うだろう。

「そんな……メリーナ……」

崩れ落ちた殿下を、クレセット様は氷のように冷たい瞳で見下ろした。陛下も似た視線を殿下に向ける。

「……ここまでか。……お前の王位継承権を剥奪し、流刑に処す」

「そんなっ……！」

「王家の品位を貶めるどころか、家庭のある者を誑かすとは」

「ですが父上！　私の子が産まれれば、王家は安泰です！」

「お前の子だと、どうやって証明する？」

「私に似ていれば私の子でしょう⁉」

陛下は深い溜め息をつかれた。

「私以外に誰が王位を継ぐのですか！」

周囲がざわつく。他の王位継承権を持つ方は皆、戦争に乗り気だ。戦になるくらいであれば、他の継承権を持つ人たちよりも殿下の方がまだましだと、誰もが考えていた。

「……連れて行け」

「父上っ……メリーナっ！　助けてくれっ、お前は私が好きだろっ？　お前が妻になれば私はもう浮気はしない！　王太子妃として私を支えてくれ！」

騎士たちに捕らえられたまま、殿下が叫ぶ。

「そうだメリーナっ、お前は昔から美しかった！　美しかったぞっ！　今までのことは謝るっ、悪かった！　だから私の妃にっ……」

「殿下。私は、ラーナ伯爵の妻です」

「は……」

「あの日、婚約破棄をしていただいて、殿下には心から感謝しております。私は今……素晴らしい旦那様に愛されて、とても幸せですわ」

クレセット様を見上げると、そっと髪に口付けられる。

「私が殿下の元へ戻ることは、生涯あり得ません」

「そんな……」

ガクリと力をなくした殿下は、そのまま騎士たちに連れて行かれた。

「……私は一度部屋へ戻る。話はまた後日させてくれ。皆はそのまま楽しむように」

護衛騎士に支えられながら、陛下もその場を後にされた。

「どうしましょう……大事な夜会ですのに、雰囲気を悪くしてしまって……」

「構わないよ。殺伐とした場所にいて、彼らもこういう社交界らしさに飢えていたからね」

扉の方へ視線を向けると、主役と思われる方々は笑っている。拍手や、口笛を吹く人もいた。

「悪趣味な連中だが、善悪の判断はそれなりにまともらしい」

私の腰を抱き、扉の方へ向かって追い払う仕草をされると、素直に会場の中へと戻られた。

二人きりになり、そっとクレセット様の腕に触れる。

「クレセット様。……お会いしたかったです」

「メリーナ。私も会いたかった……」

そっと髪を撫でられ、甘く瞳が細められる。

「外見など気にならないと言ったが……訂正したい。メリーナ。君は、美の女神も妬むほどに美しいよ」

頬を撫でようとした手は、そっと下ろされて私の手を握る。お化粧をしている時は顔に触れてはいけないと、クレセット様はお義母《かあ》様からきつく言われていた。

「ありがとうございます……。クレセット様こそ、とてもお美しいです」

黒のジャケットに、私のドレスに合わせたベストとスカーフ。他は銀刺繍とブローチだけなのに、神々しいほどに輝いて美しい。紫陽花はクレセット様だ。

「私、かなり体型が変わったはずなのですが……よく私だとお分かりになりましたね」

「君は私の最愛の妻だ。例え数多に輝く星のひとつになろうとも、見つけてみせるよ」

とろけるような微笑みでさらりと甘いことをおっしゃるから、顔が熱くなってしまう。

「お話し中、大変失礼いたします。逃げ出した獲物を発見しました」

見つめ合う私たちのそばに、いつの間にかサラさんが立っていた。

「クレセット。イチャつくのは後でな」

「…………分かっている」

「あの女に逃げられたら、夫人の復讐機会はもうなくなるんだしさ」

セドさんに言われて、クレセット様は私を離した。

「でもリリアはもう……」

「あの女は、君に対して謝罪していない。それにまだ君がメリーナだと気付いていないようだ」

クレセット様は私の手を取り、指先にキスをする。

「君が努力して手に入れたその姿を、見せつけてやりたいだろう？」

私は、リリアに……そう、ずっと馬鹿にされてきた容姿で、見返したかった。

「あの女が王太子に罵られたことも、王太子妃でなくなることも自業自得だ。だがそれで、君にしてきたことが許されるわけではない」

可哀想なリリア……

……でも。

幸せだから憎しみを忘れようなんて、やはり私にはできなかった。

「行こう、メリーナ」

「はい」

私は、リリアにこの姿を見て貰いたい。リリアが馬鹿にしていた私は、ここまで変われたのだと驚かせて見返したい。

美しい微笑みに導かれるように、私はクレセット様と共にリリアの元へ向かった。


会場から出る機会を失くしたのか、リリアは柱の陰に姿を隠していた。

「久しぶりね、リリア」

「アンタはさっきのっ」

「私が分からない？　あなたの元姉の、メリーナよ」

「っ……うそ……」

リリアは目を見開き、小さく震え出す。私を上から下まで見て、隣に立つクレセット様へ視線を向けた。

「あなたに馬鹿にされて、ダイエットを頑張ったのよ。私、少しは変わったかしら？」

「っ……ぜんっぜん！　豚は豚のままよ！　この不細工っ！」

顔を真っ赤にして怒鳴る。投げつけられた扇子は、クレセット様が払い落としてくださった。

「まあ、あんなお美しい方に。なんて身の程知らずなのかしら」

「自分が美しいと勘違いしていたのでは？」

「殿下の婚約者だから、礼儀知らずでもみんな逆らえなかったのに」

「ああ、それにしても伯爵夫人のお美しさときたら」

「ラーナ伯爵とお似合いね」

またリリアの大声で人が集まってきてしまう。

「なによ！　今まで私にペコペコしてたくせに！　私の方が可愛いのよっ？　美しいのよっ？」

そう言っても、周囲からは批難の声と嘲笑が囁かれる。リリアはまた怒鳴ろうとして……彼女たちを見渡し、馬鹿にしたように笑った。

「私があなたたちより可愛いから、みんな私のものになりたがったのよ？　あなたたちの男に聞いてみなさい。みーーんな私の下僕なんだから」

今まで通りの可愛い声で言い、勝ち誇ったように髪を触った。

一瞬で場が静まり返る。パートナーの視線を受けた男性たちは、みんな揃って首を横に振った。

「あなたもあなたもあなたも、私の愛人になりたがったじゃない？　あなたもあなたも、婚約者より私の方が似合うからってプレゼントをくれたわ」

大勢の中では誰が指されたか分からず、男性は動揺し、女性は疑心暗鬼に陥る。その様子にリリアはクスリと悪魔のような笑みを浮かべた。

「リリア」

「なによっ」

私が近付くと、リリアは私を睨み付ける。

「あなたがそうなってしまったのは、公爵家で甘やかされて育ったせいだわ」

元はといえば、公爵家のせい。自分より劣ると思った者は罵っていいと教えられて育ったせいだ。……善悪の判断のつく年頃になれば、親の育て方より自分の責任だと、クレセット様はおっしゃっていたけれど。

「あなたももう、自分で考えて行動できる年頃よ。今からでも遅くないわ。何が良くなかったのか、きちんと考えて……」

「ふざけないで!!」

突き飛ばされた身体は、クレセット様に優しく抱き留められる。

「なによっ……私はっ、私は誰よりも可愛くて優れてるのっ！　そんな私に尽くすのは当然でしょ!?　なんで私より劣るアンタなんかに説教されなきゃなんないのよ!!」

リリアが投げつけた髪飾りも、私に届く前にクレセット様の手で床に落とされた。

「救いようのない醜さだな……」

低く響いた声。リリアがクレセット様を睨む。

「比べるまでもなく、メリーナの方が美しい。お前が馬鹿にしていた頃から、メリーナの方が美しかった。それに比べてお前はどうだ？」

私をサラさんに預けて、クレセット様はリリアに近付く。

「お前は、心根が卑しいから王太子に捨てられた。可哀想にな」

「なによっ……そんなことないわよっ！　哀れまないでよっ！」

「今までの行いをメリーナに謝罪すれば、少しはその醜い心も浄化されるかもしれないが……どうする？」

「そんなのするわけないでしょ!?　私より劣った醜い女にっ！」

クレセット様は、突き飛ばそうとしたリリアの手を捕らえて、顎を掴んで顔を上げさせた。

「ああ、本当に……お前は、顔も心も、醜い」

背筋が凍るほどの冷たい声と微笑み。その場の誰もが身を震わせ、リリアはその場に崩れ落ちた。

クレセット様が手袋を捨て、サラさんの差し出した新しいものに替えたところで、公爵が駆け寄ってくる。

「リリアの声がしたが、何の騒ぎだ？」

「お父様……。ご無沙汰しております。メリーナです」

「なっ……!?」

公爵は私を見て、目を見開いて動きを止めた。

「何を驚いておられるのですか？　公爵が恥さらしの厄介者と呼んだ、私の妻のメリーナですよ」

周囲がざわつく。

「お父様……縁を切られましたのに、お父様はおかしいですわね。失礼いたしました、ベラーディ公爵」

次は公爵の番だ。この人だけは、どんな理由があろうと許すつもりはない。

「いや、その……縁を切っただと？　こんな美しい娘と？　ははは、いや、そんなまさか」

私はおばあ様に似ているはずなのに、公爵は蔑む視線ではなく、値踏みするような厭な視線を私に向けた。無意識に震えた私の肩に、クレセット様の優しい手が触れる。

「私は悲しくて、悲しくて、泣きながらお父様のおっしゃる通りに縁を切る書類にサインしましたのに……あの時のことも、お忘れに……？」

「いやっ、覚えているっ」

隠そうとしたのね、と呟いたのは誰だろう。そもそも、ベラーディ公爵家の長女が縁を切られた話は、社交界でも噂されていたと聞いている。

「家畜以下の私も、ラーナ伯爵家で少しはお役に立てているのですよ？」

クレセット様のように、私もあからさまな毒を吐いてみる。

「妻は聡明で心優しく美しく、屋敷の者たちにも慕われています。これからも伯爵家を立派に支えてくれるでしょう」

「そっ、そうかっ」

「ああ、すみません。あなたには関係のない話でしたね」

クレセット様は私の肩を抱き寄せ、射貫くような視線を公爵に向けた。

「何が伯爵家よっ……この女には卑しい下女の血が流れてるのにっ！」

「なっ……リリア！」

「お母様の子じゃないのよ⁉　卑しい血が流れてるの！」

リリアは、何を言っているの……？

そっとクレセット様を窺っても、ただ冷たい表情でリリアを見据えている。

「腹違いの姉だから、虐げても当然と？」

「そうよ！　お父様を誘惑した女の子供だもの！」

「私の調べでは、公爵からの脅迫だったとあるが」

「っ……それはお母様になかなか子供ができなかったからっ」

「子が出来るまでの予備としてメリーナを置き、不要になったから皆で虐げたと？」

「だって卑しい血だものっ」

クレセット様は否定しない。これは作戦かもしれない。でも、もし本当だとしたら……

「ふっ……自分たちの首を絞めているだけだが」

リリアに冷たい声をかけ、私の髪を優しく撫でる。

「公爵夫人が嫁いだのは年の始め。メリーナが生まれたのは、その年の暮れだ。結婚後すぐに他の女との間に子を作ったことになるな」

見つめる先で、リリアは慌てて口元を覆った。

「大勢の前で父親の不貞を暴き、公爵家の不道徳を晒《さら》したな。ご立派なご息女だ」

公爵は言葉も発せずに項垂れる。王族ではない人間の、それも男性側の不貞は犯罪ではない。しばらく社交界で笑い者になる程度だ。だからクレセット様相手に抵抗をしなかった。

「メリーナの実の母君は、下女ではない。そしてその女性がお前の父親に脅迫されたという証拠もあり、他にも公爵には複数の余罪を確認している」

「余罪ですって……？」

「お前の母親は、誰だろうな？」

「っ……」

リリアは顔を青くして震える。リリアのこと、私の実の母のこと……私も震えそうになるけれどグッとこらえ、全てクレセット様から事前に聞いて知っているという顔をした。

クレセット様はそっと私の手を握り、私にしか見えないように、少し悪い顔をして微笑む。リリアは間違いなく公爵家の実子で、今のはわざとリリアを動揺させたのだというように。

「ベラーディ公爵。あなたには贈賄と武器密売の容疑がかかっています。ご同行願いたい」

「なっ……そんなものは知らん！」

「今はされていない理由も含め、……洗いざらい話すことだな」

「っ……まさか……こんな……」

公爵は今度こそ、その場に崩れ落ちる。そしてクレセット様の合図で現れた騎士たちに、リリアと共に連行されて行った。

もし、武器の密売……いえ、密輸先が他国なら、国家反逆罪で公爵は処刑され、公爵家は取り潰しになる。親族も取り調べられ、場合によっては処罰を受ける。今はしていない理由は、リリアが王太子妃になったから？　だから他国に攻め込ませるわけにはいかないと……

（もしかして、クレセット様は最初から分かっていたの……？）

結婚の条件が公爵家と縁を切ることだったのは、こういうことだったの？

クレセット様を見上げると、湖水色の瞳がただ優しく細められた。


私を抱きしめたクレセット様は、また周囲の人たちを追い払う仕草をした。

「ラーナ伯爵！　お見事でしたぞ！」

人々が散って行き、代わりに……バルロス伯爵が駆け寄ってくる。

「ご令嬢もお美しくなられて。失礼、ラーナ伯爵夫人でしたな」

そう言って大口を開けて笑い、舞台俳優のように仰々しく、けれど綺麗な仕草で一礼した。

「バルロス伯爵。その節はご無理を申しました」

「いえいえ、ラーナ伯爵のご命令とあらば何なりと」

親しげにお話しされているけれど……クレセット様は、この方を嫌っていたのでは？

「メリーナ。私も対面してから知ったのだが、バルロス伯爵は、美しい女を呼び寄せ大金を見せるが、興味を示さない場合は客人としてしばらく傍に置くだけのお方だよ」

「贅沢な暮らしをひと月させれば、半数はわしの愛人になると言い出すのだがね」

また金の奥歯が見えるほどに大口を開けて笑う。

「女は無理に従わせるより、餌を与え、媚びて甘える愛らしい雌猫に育てる方が良いだろう？」

「バルロス伯爵は、言葉選びで損をしておられる」

「いやいや、女に手を出さぬ聖人と思われてはたまりませんからな」

バルロス伯爵……あまり上品ではない男性で、女性を軽視した発言に聞こえるけど……

「噂とは、随分と違うお方なのですね」

悪人ではない。きちんと女性の意見を聞く男性だった。

「噂はあてになりませんな。わしもしかり、伯爵夫人もしかりです」

表情だけは悪人のようにニヤリと笑う。

「ご夫人。権力には逆らわぬのが、貴族社会の上手い生き方だとは思いませんか？」

「権力……」

「わしよりも大変なお方に嫁がれたやもしれませんな」

伯爵はクレセット様へ視線を向けて、肩を竦めた。

「大変かもしれないな。私はメリーナを、一生手放すつもりはないのだから」

クレセット様は柔らかく微笑んで、私の髪にキスをする。

「……決して逃がすものか」

抱きしめられ、低く囁かれる声。私にはただただ嬉しい言葉でしかない。私の生涯の夫は、クレセット様だけ。追い出されても私には帰る場所はない。

……それも、公爵家と縁を切らせた理由かもしれない。

「良いお方に嫁がれましたな」

私は今、どんな顔をしていたのだろう。バルロス伯爵は、噂とは遥かに違う慈愛に満ちた瞳で私たちを見つめていた。

予想もできないほど大ごとになってしまったけれど、殿下とリリアと公爵への復讐は終わりを迎えた。一気に力が抜けた私を、クレセット様は近くのソファまで運んでくださる。

「クレセット様。私の、本当の母は……お会いすることは、できますか……？」

震える私の手を握り、クレセット様は悲しげに眉を寄せた。

「……残念だが、母君は既に亡くなられている」

「っ……そう、ですか……」

本当の母は亡くなっている。

私は、お母様の子ではなかった。

そして、お父様の子であることは事実。

血の繋がった父と妹に、私は憎まれていた。

突然訪れた真実の数々に、視界が揺れる。

「すまない……。母君のことは後日伝えるつもりだったのだが……」

あの場でただ否定すれば、悪い噂となって広がる。だからクレセット様は、私のために真実を公表してくださった。

「いえ……。本当のことを教えていただいて、ありがとうございます」

クレセット様の肩に頭を乗せる。今は、少しでもクレセット様に触れていたかった。

「あとは、お母様……公爵夫人に、この姿を見せたら終わりですね」

私を嘲笑っていた人たちは、もう充分驚いて顔色を変えていた。今後また顔を合わせる機会もあるだろう。だから、あとは公爵夫人だけ。私の背を撫でてくださっていたクレセット様が、心配した瞳を向ける。

「居場所を、ご存知ですか？」

クレセット様に苦しげなお顔はさせたくない。早く、全てを終わらせてしまいたかった。

「……公爵夫人は、別室にいる」

「そうでしたね。ベラーディ公爵家の者、ですものね」

公爵が捕縛されたなら、当然夫人も捕らえられている。

「私は大丈夫です。今日、全てを終わらせてしまいたいのです」

微笑んでソファから立ち上がると、クレセット様は私の手を取り、指先にキスをする。そして何度か躊躇《ためら》いながらも、私を案内してくださった。


何があろうと君の感情を殺す必要はない。クレセット様はそうおっしゃって、扉を開けた。

「……お母様」

正面のソファに、紫のドレスを着たお母様……いえ、ベラーディ公爵夫人が、座っていた。

「私は、あなたの母ではありません」

公爵夫人は、私が真実を知っていると分かっている。きっと先程の騒ぎを聞いていたから。

……あの場に、いたかしら……？

「メリーナ」

名前を呼ばれ、カツ、とヒールの音が響く。

身体が勝手に強張り、反射的に目を閉じる。すぐそばで、足音は止まった。

「メリーナ……頑張ったのね」

聞いたことのない、柔らかな声。顔を上げると、慈しむような紅い瞳がこちらを見つめていた。

「あの……」

別人のように穏やかな表情。訳が分からず視線をそらせずにいると、クレセット様が私の手を取り、ソファに座らせてくださった。

「本当の母君のことを全て伝えてから、夫人に会わせたかった」

隣に座り、私の手をそっと握る。

「復讐すべき相手が、それに値しない人物だったとしたら……君は、その憎しみを呑み込んでしまうのだろうか」

クレセット様は、私が公爵夫人を許すことを心配されている。だから、感情を殺す必要はないとおっしゃった。きっとリリアのことも許したと……でもそれは、与える罰に対する私たちの価値観が違うから。

「今はただ、混乱しています。ただそれだけ……。私は、本当のことを知りたいです」

クレセット様の手を握り返し、揺れる湖水色の瞳をまっすぐに見据えた。

「……夫人は、メリーナを屋敷の隅に追いやるよう公爵に進言し、外へ出さないようにしていた。その全ては、公爵家の者からメリーナを守るためだったのだ」

(守る、ため……)

頭では理解できるのに、知らない言葉のように感じる。きっとクレセット様から伝えられなければ、少しも信じられなかった。

「私には、そんな手段でしかあなたを、っ……」

夫人はそこで言葉に詰まり、口元を押さえてうつむく。

「……リリアが生まれて、公爵はあなたを冷遇し始めました。それで使用人たちは、あなたを公爵の子ではないと思ったのでしょう」

すぐに顔を上げて、公爵夫人らしい凛とした表情で私へ視線を向けた。

「公爵家のためにも、メリーナを我が子のように育ててみてはと公爵に進言したのだけど……」

私は公爵夫人と一緒に物置部屋に閉じ込められ、丸二日水すら与えられなかった。弱っていく私を抱きしめながら、私を公爵の目の届かないところに遠ざけることを決心されたという。

「メリーナのせいで閉じ込められた。あの子にはもう関わりたくないと、そう叫んで公爵に訴えたの」

完璧な淑女と囁かれる夫人が、人が変わったように訴えれば、公爵もすぐに信じただろう。

(そうだわ……私、公爵夫人には……何もされていない)

罵倒されたのも身体を傷つけられたのも、リリアと公爵と使用人にだけ。夫人には、近づくたびに追い払われていただけだ。

（それは、私を守るため……）

実の子ではない私を、ずっと守ってくれていた。ご自分が悪者になっても、ずっと。

「お母様は……私を、ずっと守ってくださっていたのですね……」

「っ……私は、あなたの母ではないのよ……」

たまらずに駆け寄り抱きつくと、公爵夫人……お母様は、震える腕で私をきつく抱きしめてくれた。

「あなたは、本当にあなたのお母様に似ているわ」

「っ、ご存知なのですか……？」

「ええ。とても美しくて、優しく明るい、いい子だったわ」

お母様にとっては、夫の不倫相手。それなのにこんなに寂しげな顔をされるなんて。

「あなたのお母様は、……おばあ様と、とても仲の良かったメイドよ」

真実を告げられたのに、私の心は驚くほどに凪いでいた。

（私の母は、おばあ様に愛されていたのね……）

虐げられて不遇のうちに亡くなったわけではなかった。今の私には、それが救いに思えた。母が幸せだと思っていたかは、……分からないけれど。

「でもお母様は、おばあ様とは……」

「私が嫁いだ時に、おばあ様から仲の悪いふりをして欲しいと頼まれたの」

それは、聞いたことのない話だった。

「夫に従順な妻は愛される。でも、父親に何も言えない母は惨めで格好悪く、軽視しても良いのだと……それが、公爵がおばあ様を嫌う理由よ」

「そんな身勝手な理由で……？」

「あの人は、どうしようもなく自分勝手な人なのよ」

目を伏せて、唇を引き結んだ。お母様は公爵に世間体のためと偽って、おばあ様の元を訪れていた。そこで私の母と出会い、仲良くなったそうだ。

「あの子は公爵を憎んでいたのに、おばあ様の孫を産めるなら、幸せだと……」

お母様は一度きつく目を閉じた。

「おばあ様とは本当の親子のようだったわ。あなたの髪はおばあ様譲りで、瞳はお母様譲りなの」

私の髪に触れて、懐かしむように見つめる。

この髪色のせいで父親に愛されないと、メリーナはずっと悲しんでいた。でもとても綺麗で、好きだった。瞳は、……実の母と、同じだったのだ。

（母のことを、何も知らないのに……）

目の奥が鈍く痛んで、胸が暖かくなる。泣き叫びたいような、縋りたいような、怒りたくもある
この気持ちは……

（……寂しい、のだわ）

悲しくて……寂しい。

(母にはもう、何も伝えられない……)

私を産んでくれてありがとうと、私は望まれて生まれた子なのだと、感謝も喜びも、何も伝えられない。

「メリーナ……」

お母様に優しく抱きしめられて、私は自分が泣いていることに気付く。気付いてしまえばもう止められずに、子供のように泣き出してしまった。

実の母は、物心つく前に混乱した時代の中で拐《さら》われ、自警団をしていた男爵に救い出されて養女になった。高齢だった男爵夫妻は母が十二歳の頃に亡くなり、縁があって葬儀に訪れていたおばあ様がメイドとして招き入れたそうだ。

泣きやんだ私に、お母様はそう説明してくださった。

「リリアは、私の子よ。あなたをずっと傷つけてきたこと、謝って済むことではないけれど……」

お母様は涙をこぼし、深く頭を下げる。

もし……もしも、クレセット様がお母様のことを信じて私に会わせてくださらなければ、私はきっとこの涙も謝罪も信じられなかった。お母様もリリアのように、心の中では私を馬鹿にして騙そうとしていると考えただろう。きっと、本当の母の話も、信じられなかった。

その全てを信じられるのは、クレセット様がそばにいてくださるから。クレセット様へ視線を向けると、想いが伝わったように隣に座り、しっかりと手を繋いでくださった。

「リリアは、公爵家の教育方針で育てられたのだと、理解しています」

お母様が直接育てていたなら、きっとあんな子にはならなかった。でもこの国では……公爵家では、夫に逆らうことなどできるはずもない。

「理解はできても、憎い気持ちはありました。だから私は、リリアに馬鹿にされてきた容姿で、リリアを見返したかった」

完璧な体型を手に入れて、小柄なリリアには着こなせないシルエットのドレスを着て、嫉妬させたかった。……そう、私は、リリアに嫉妬してほしかったのだ。

「でも……これ以上の復讐も処罰も、望んではいません。他の家門の方々にしたことは許されないでしょうが……それでも……」

誰にも干渉されない場所でしっかりと考えて、何の罪もないお腹の子と静かに暮らせればと……

「メリーナ……。あなたは、強くて優しい子ね」

お母様は優しく微笑んで私の髪をそっと撫でた。

「私の話を聞いてくれて、母と呼んでくれて、嬉しかったわ……。後のことは伯爵と陛下にお任せして、帰ってゆっくりお休みなさい」

今日は疲れたでしょうからと、抱きしめられる。母として私を想ってくださる言葉に、私はただ頷くことしかできなかった。

色々なことが一度に起こり、眠れないまま朝を迎えた。でも今日は伯爵夫人としてのお仕事がある。どんよりした顔色をお化粧で隠し、王城へと向かった。

昨日の今日で何とも言えない雰囲気の中、遠征で貢献された方々への授与式が行われた。マクガヴァン子爵家ご長男は伯爵位を賜り、クレセット様はもう特別なお立場のため、勲章と金貨のみが贈られる。私は伯爵家の妻として視線を集めていたそうだけど……白の軍服姿のクレセット様に見惚れていて、全く気付いていなかった。

（あのお方の妻だなんて、今でも夢かと思うわ……）

式典が終わり、王城内のクレセット様の執務室へと向かう。

たくさんの勲章のついた軍服を纏う、凛々しいお姿。私の前では見せない鋭い表情のクレセット様は、胸が苦しくなるほどに美しく格好良かった。

「クレセットに見惚れてました？」

「えっ、そのっ……っ……見惚れない方が難しいじゃないですか」

「ですよね。からかってすみません。今もクレセットしか見えてないようで安心してしまって」

「ふふっ、あんなに素敵な夫がいるのに、目移りなんてしませんよ？」

こんなに打ち解けられたことが嬉しい。いつもならここでサラさんがセドさんを咎める。でも、サラさんは静かに前を見据えたままだ。少し、不機嫌に。

セドさんはいつも通り。サラさんの心境に変化があったのかもしれない。帰ったらそれとなく聞いてみようと考えていると、目的の場所はもう目前だった。

「……なんか、嫌な予感が」

セドさんがぽつりと呟く。

「旦那様以外の気配がします」

「ですよね……」

二人は囁き合うけれど、私には何も感じられない。

「敵意はありませんね」

「嫌な予感はしますけど……」

躊躇《ためら》うセドさんをよそに、サラさんは扉の前に着くとすぐにノックをした。


（え……）

自ら扉を開けてくださったクレセット様の向こうに、紺色の軍服を纏う女性と……

「はじめまして、ラーナ伯爵夫人」

鈴の鳴るような、美しくも愛らしい声が響いた。

綺麗にまとめた金の髪と、紅い口紅、濃いアイシャドウ。翡翠色の瞳を縁取る、マスカラを重ねた睫毛。手元には黒羽根で飾られた扇子を携え、華やかな薔薇を思わせるドレスを纏った女性が、優雅にソファに座っていた。

「王女殿下、ご紹介いたします。私の妻のメリーナです」

「っ……王女殿下に、ご挨拶申し上げます」

このお方が、第二王女殿下……

クレセット様に求婚していたお方が、どうしてクレセット様のお部屋に……心臓がどくりと跳ね、嫌な汗が流れる。もしかしてと、恐ろしい想像をしてしまう。

でも、身を固くする私の前で、殿下は立ち上がり深く頭を下げた。

「ラーナ伯爵夫人。此度の件でご心労をおかけして、申し訳なく思っております」

「っ……殿下っ、そのようなっ……どうかお顔をおあげくださいっ」

「殿下。妻が戸惑っております。先にこの件のご説明をお願いいたします」

クレセット様が淡々とおっしゃると、殿下はそっとお顔を上げる。何が起こっているか分からないまま、私はクレセット様に手を引かれてソファに座った。

「そうね……。まず、私が婚姻を打診した理由ですが。ラーナ伯爵を、我が国の王とするためです。前例はありませんが、伯爵ほど優れた者ならば皆も納得するでしょう」

語られる理由に言葉を失くす。代理ではなく、クレセット様を、国王に……

クレセット様ならきっと強固な国を作ることができる。国民もそう考えるなら、妻でいたいという私のわがままは国を害する行為に等しい。

「私の夫、そして国王になれるのは、伯爵以外にはありません」

私の心を見透かしているような、殿下のお声。

「ですが……まさかあのラーナ伯爵が、ただ好きだからという理由で、結婚をするなどっ……」

突然愛らしい声音になり、コロコロと笑った。

「何の計画かと問うたのですが、初めて見る爽やかな笑顔で、離縁を命じるなら国を裏切ると言われました」

扇子でお顔を隠し、クスクスと笑う。何が何だか分からずクレセット様へ視線を向けると、ただ優しく微笑まれた。

「伯爵、国すら捨てる男は重いわよ？」

「どう思われようと、私は妻のためならば何であろうと致します」

一大事なのに……こんなにも愛されていることが、嬉しい。不謹慎にもそう考えてしまったら、王女殿下は、幸せならいいわ、と肩を竦めた。

「私は、国を憂いていたのです。ですが父は誰にも話してはいけないと、女は賢くてはだめなのだと。それなのに良妻賢母であれと……。その矛盾こそ、我が国が時代錯誤であるという証です」

静かなお声で語られる。これが殿下の本当のお姿なの……？

「いつまで待っても次の王子は生まれず、他の継承権を持つ者に国を任せるなど恐ろしくて、マヤに相談したのです。王位継承権を……簒奪したい、と」

「マクガヴァン子爵家長女、マヤノランと申します」

綺麗な姿勢で一礼するのは、焦げ茶色の長い髪を高い位置で結った、長身の女性。前髪から覗く意志の強い檸檬色の瞳が印象的で目を惹いた。

「ですが姉上は、殿下のお慕いするお方とご一緒に、と」

「サラ。嘘は言っていない。殿下は、我が国を何よりも愛するお方だからね」

マヤノランさんは微笑んでそう言った。綺麗な男性にも見える表情で。

「同じ志を持つ者として、ラーナ伯爵、マクガヴァン子爵、シュタイン侯爵家第一子に白羽の矢を立てました。ですが、ご家族まで協力者となり得るか、計りかねていたのです」

視線を向けられ、無意識に握り締めた手にクレセット様の手が触れた。

「ふふっ、伯爵は本当にただ、夫人のことが好きなのね？」

「ええ。ただ、愛しているのです」

クレセット様は私の指先にキスをして、何故か王女殿下を睨んだ。

「王太子も、こんなに素敵な女性に気付かず手放して、馬鹿よね……」

兄ではなく王太子と呼び、指先で黒羽根を撫でる。目を伏せた殿下の肩にマヤノランさんがそっと触れると、殿下はまっすぐにお顔を上げてにっこりと微笑んだ。

「今後、王太子の子を名乗る者が次々と現れるでしょう。ですがまともな貴族なら、不貞の限りを尽くして廃嫡された王太子の、実子かも定かではない者を次の王にしようなど考えないでしょう」

噂される悪女の顔でそうおっしゃった殿下は、すぐに聡明な王女の顔へと戻した。

「他の継承者権を持つ者が支持されない今、この国は、私の代で変えなければならないのです」

(殿下は、ご自身が王となるお覚悟を、決められたのね……)

周囲を凛々しい女性で固められたのもきっと、女性らしい女性だと見た目で判断する人々は軽視するから。実績を積み、女性進出の社会基盤を作るのが彼女たちの役目なのだろう。

「夫人を訪ねたのも、信用に足る人物か確かめるためでした。あの受け答えは、伯爵の指示に忠実なものだったのでしょう。ですがあの酷い格好は、夫人が短い時間で判断したもの」

そこで言葉を切る。

「ラーナ伯爵夫人。どうか、私の補佐役となっていただけないでしょうか」

長い沈黙の後、威厳の溢れるお声でそうおっしゃった。

「今の思想の中で人々を納得させる美しさ。これからの時代を作る新しい思想と聡明さ。王太子妃教育まで習得されている。昨夜の夫人を拝見し、私の補佐役はあなたしかいないと確信しました」

殿下は私に、これから殿下の進む道の旗印になれと……そう、おっしゃっている。

でも、そんな大役が私に務まるとは、とてもじゃないけれど……

「私はなにも、女性優位の国を作ろうとしているわけではありません。政治、投資、経営、騎士もそのひとつ。興味と才能のある者を、性別のみを理由に排除する体制を変えたいのです」

それは、とても素晴らしいこと。女性がやりたいことを我慢せずにいられる時代が訪れる。そして才能のある女性が登用されれば、この国はより豊かになる。クレセット様のような素晴らしいお方がいても、女性だからと埋もれている可能性があるということだから。

「あなたは、理想の容姿を手に入れて、それで終わりではないでしょう？」

……まるで、見透かされたようだった。

復讐を果たして、この身体も役目を終えたようにすら感じていた。でも、私にはまだやることがある。私のような人を救うようにと、王女殿下はそうおっしゃっている。

「今この時から一年で、性別で排除されず、外見で軽視されない国の基盤を作ります。一年だけ、私に夫人の時間をいただけないでしょうか」

いつか、誰かが。それを殿下がなさろうとされている。成人前の、たった十五歳の子なのに……

こんなにも望まれている。でも、国王になられるお方の補佐が、私に務まるの？

「――ねえ、メリーナさん？　このドレスとお化粧、似合っていないでしょう？」

殿下は突然そうおっしゃって頬に手を当てた。

近くで拝見すると……殿下は、元は優しいお顔立ちをされていた。目尻側を跳ね上げた太めのアイラインと重ねたマスカラを落とせば、幅広二重で垂れ気味の大きな瞳だ。唇はぷっくりとして愛らしく、きっと淡いピンクのリップだけで充分。厚塗りしたファンデーションもいらない。下地とコンシーラーで整えて、お粉をはたくだけで綺麗だ。

「私は、夫人のように自分に似合うお化粧で、王に相応しい威厳を出したいのです」

今のお歳なら……眉をパウダーでふんわりさせつつ瞼側に近付けて少し太めに描いて、眉尻はシャープに。眉頭から鼻筋に不自然にならない陰影をつけて……

「私の顔は、お化粧では、夫人のお力でどうにかできるでしょうか？」

「……お化粧では、お役に立てることもあるかと」

不敬にもまじまじと見つめながら発した一言で、私は後戻りできなくなったことに気付いた。

「気負うことはありません。まずは私のお化粧とドレス選びをお願いしたいのです」

私でもお役に立てることがある。それなら、……覚悟を決めるべきだわ。

「王女殿下。慎んでお受けいたします」

私の答えに、殿下はとても可愛らしい笑顔を浮かべる。

「私の賢くて美しい姉は、他国の賢い公爵の目にとまり、嫁いで行きました。私はこの国に留まるために、誰からも望まれぬ女を演じて時期を待っていたのです。……ですがそれも、今日で終えられそうですね」

安堵して肩の力を抜かれた殿下は、安らかな、年相応の優しいお顔をされていた。

「伯爵には夫人の護衛を命じます。それが夫人を補佐役にする条件よね？」

「私はまだ、妻が危険な場所に出入りすることを了承していませんが」

クレセット様が重々しくおっしゃった。

「部下もだいぶ育ったのでしょう？　一年なら後任に引き継いでも問題ないと思うわ」

「今は妻の話をしております」

「一年後には現場復帰をお約束するわ」

「妻の話をしております」

「それなら、何故今まで黙って聞いていたのかしら？」

「妻が聞きたがっていたからですが？」

バチッとお二人の間に火花が散る幻覚が見えた。

「メリーナさんなら了承したじゃない」

「私は了承していません」

「あなたではなく、メリーナさんの意思が大切でしょう？」

「何故私の妻を名前で呼ばれているのですか？」

お二人は睨み合う。

「あの……クレセット様」

「メリーナ、どうした？」

私に注がれるのは、今までの冷たさが嘘のような優しい瞳とお声。

「王女殿下と、とても親しいのですね……」

妻という栄誉をいただいておきながら、おこがましいのだけど……嫉妬をしてしまった。

「誤解だよ。私はメリーナ以外には興味がない」

「そういやクレセット、悪女らしい悪女はむしろ好ましいって」

「あれは主に母のことだ」

お義母《かあ》様が悪女らしい悪女……昨日の夜会でお見かけした時は、細身のドレスでヒールを慣らし、堂々と会場を歩かれていた。きっと悪女らしい高笑いも優雅にお似合いになるのだろう。

「殿下は話せば話すほどタヌ……陛下に似ていらして、つい口調が強くなってしまうだけだよ」

私の手を握り、優しく微笑んでくださる。

「ラーナ伯爵夫人？　あなたの旦那様を説得してくださらないかしら」

私以外の言葉には取り付く島もないクレセット様に、殿下は困ったようにおっしゃった。

「クレセット様。殿下のお化粧をするだけなら、危険なことはありませんよ」

「まずは、と言った。それ以外もさせるつもりだよ」

「そうだとしても、クレセット様が護衛をしてくださるのでしょう？」

「必ず守るが、守るような事態が起こるところを君に見せたくない」

私も、そんな場面は怖い。クレセット様のことも危険に晒《さら》したくない。でも、私にできることをせずに殿下のことを噂や新聞で知る生活に戻ったとして、後悔をしないわけがない。……それに。

「私、お仕事中もクレセット様とご一緒にいられるのが、嬉しいのです」

「っ……それなら、仕方がないな」

クレセット様は私の髪を撫でて、繋いだ手を離して指を絡めて繋ぎなおした。

「この人、本当にラーナ伯爵かしら？」

「あのような見目は滅多にありませんので、本物かと」

殿下とマヤノランさんがわざと聞こえるようにお話しされるから、慌ててクレセット様から離れる。でも肩を抱き寄せられてしまった。

「伯爵夫人、感謝いたします。どうぞそのままおくつろぎになられて？」

「いえっ、申し訳ありませんっ……」

「お言葉に甘えます」

クレセット様は私から手を離してくださらず、殿下の暖かい瞳に見つめられて、顔が熱くなってしまった。

「シュタイン侯爵令息。マクガヴァン子爵令嬢。あなたたちも欲しいわ♡」

「はい……？」

突然話題を振られ、セドさんが声を上げた。

「セドさんのお兄様は、事務職をお約束したら早めにお返事いただけましたの」

「兄貴っ……」

そんな簡単に、とセドさんの表情が訴えている。にこにこと愛らしく微笑んでいる王女殿下は、わざとセドさんの人となりを晒《さら》させているのだ。

「これから体制を変えるにあたり、現場の騎士と私を繋ぐ、信用に足る人が必要です。それをあなたにお願いしたいのです」

「……………承知いたしました」

セドさんは少しだけ考えて、了承した。王弟殿下とそのご子息が王になるのは絶対に避けたいとお話ししていたから、この答えは当然のことでもあった。

「この場に私たちまで集められて計画を明かされた時点で、逃がす気はなかったのでしょう？」

苦笑するセドさんに、殿下はにっこりと笑顔を浮かべた。

「サラさんは、どうかしら？」

「外堀から埋められては逃げ出しようもありません。ですが、ひとつだけよろしいでしょうか」

「ええ、どうぞ」

「こちらのシュタイン令息への恋心などは、あられますか？」

その問いに、クレセット様もサラさんの方を振り向かれた。

「ないわ。伯爵夫妻の信頼できる相手として、そして有能な騎士としての彼を欲しています」

有能。セドさんが呟く。問いかけの真意が分からないこともあり、セドさんは戸惑っていた。

「サラさんには、伯爵が陛下の勅命で不在の際に、メリーナさんの護衛をお願いしたいのです」

「拝命いたします」

サラさんは即答して、私に向かって優しく微笑んでくれた。

「では、今から陛下の元へ直談判に参ります」

「もうですかっ？」

「セドさんは慎重派ですね。マヤに似ているわ」

「サラが行動派で猪突猛進なところがありますので、抑え役もお願いしたいところです」

「伯爵の抑え役もお願いしたいわね」

そんなお話しをされながら、王女殿下は私たちを従えて、国王陛下の執務室へと向かわれた。


王女殿下の理路整然とした演説と、後ろに控える私たちを見て、陛下は頭を抱えられた。クレセット様が王女殿下についたということは、王家に忠誠を誓う家の中でも特に重要な家を、王女殿下が押さえたということだからだ。

「ラーナ伯爵……」

「国のためを考えた結果、王女殿下の意見を排除すべきではないと判断いたしました」

淡々と答えるクレセット様に、陛下は大きな溜め息をつかれる。

「お父様。王太子とリリア令嬢の間に、流刑先でもいつか王子が生まれれば……そのような淡い期待と処罰された者に国の命運を託すのは、王のすることではありません」

王女殿下は凛としたお声で告げた。

私も夜会の後に考えていた。陛下ほどのお方が、二人にただ好き勝手させていたはずはない。次代に王子が生まれることを最優先に考え、そして二人が知識をつければ、宰相が代理として上手く操れないと考えたからではないかと。

「民に不信感を与えては、甘言を囁く悪者にそそのかされてしまう。あの時代には二度と戻してはならない。私が幼い頃に、お父様が教えてくださった言葉ですわ」

そっと微笑む王女殿下に、陛下は息を呑む。

「……私の血を色濃く受け継いだのは、お前だったか」

力なくこぼれた陛下のお声は、諦めのような響きが混ざっていた。それでも、とても優しい瞳が王女殿下に注がれる。

「お父様。私は、本当に欲しいものは手に入れるまで諦めませんのよ」

「そうであったな……。ならば、将来お前が選ぶことになる夫も、私は否定せずに受け入れよう」

それは、厳しい道を行くことになる娘に対する、精一杯の餞だった。

お屋敷に戻った途端、ドッと力が抜ける。ソファに座ると、クレセット様は私を抱き寄せて肩を貸してくださった。

「大変なことになりました……」

「補佐役の件は撤回すると伝えて来よう」

「あっ、待ってくださいっ」

本当に出て行きそうなクレセット様を慌てて止める。

「メリーナ。私が了承できない理由は、危険だからだけではないよ」

クレセット様は私を抱きしめて、悲しげな声を出された。

「王女が君を気に入っていること、君を名前で呼ぶことが、気に入らない」

そんな、子供のような。思わずそう考えてしまい、子供の頃のクレセット様を想像してギュッと目を閉じた。間違いなく天使のように可愛らしかったに決まっている。

「君が囲われているなどと、周囲が誤解することも心配している」

「ですがそれは、女性の地位向上と、不貞を疑われないために女性ばかりで固められたと。きっと他の方々にもすぐに伝わりますよ」

「だが……」

クレセット様はそこで言葉を切る。

「君が王女に関われば、これから先、悪意のある者の視線に晒《さら》されることもあるだろう」

私を心配してくださるそのお気持ちは、とても嬉しいのに……以前の私なら、クレセット様に嫌われることを恐れて、言われるままにしていた。ただのメリーナだった頃の私なら、そもそも人前に出ようとは思わなかった。

（でも、今の私は……）

「私は、人の目が怖くて、お化粧を勉強しました。自信が持てる私になるために……。その気持ちを、ようやく思い出せました」

前世の私がメイクを勉強した理由。メイクは、私にとっての剣であり盾だった。同じようにコンプレックスを持つ人たち、綺麗になりたい人たちの役に立ちたくて、仕事にも選んだ。

「私は、私の知識で誰かが喜んでくれることが嬉しいのです。誰かの役に立ちたいのです」

上手くいくことばかりではなくても、努力し続けることを諦めたら、私は私ではなくなってしまう。

「……参ったな」

数秒の沈黙のあと、クレセット様は眉を下げて私の頬を撫でた。

「教育者としての君に、私は何度も惚れ直してしまうようだ」

少しひんやりした手のひらに、両頬を包まれる。

「その先に君の笑顔があると分かっていて、止められるわけがない」

額や目元に口付けられて、視線が合うと……唇を塞がれた。クレセット様は流れるようにキスをされるけど、私の心臓はまだ痛いほどに脈打つ。

「では、妙な噂が立たないよう、君は私しか見えていないと人々の記憶に刻む方法を取ろう」

唇が離れ、クレセット様の指先が私の唇をなぞる。

「街の往来で君に口付ければ、誰もがそう思うだろうね」

「っ……人前は、もう……」

王女殿下の前でも寄り添ってしまって、いたたまれなさでいっぱいだ。

「メリーナ。君が私以外のために心を砕くことに嫉妬してしまうと、以前伝えたはずだよ」

以前、メイドたちへの処罰に意見した時のことだと気付いて、そっとクレセット様から離れようとする。

「逃がさない」

言葉とは反対の、輝く笑顔。しっかりと腰を抱かれ、身を捻ることすらできなくなった。

「クレセット様っ……あのっ」

頬にキスされて、首筋にも。

(嫉妬が夫婦仕様になってるわっ……)

痩せたからといって、心臓への負担は変わらない。抱きしめられているから、鼓動はクレセット様にきっと伝わっている。

「だが、困ったな。君のこの可愛い顔は、永久に私だけのものにしておきたい」

真っ赤になって慌てる私に、クレセット様はとても甘く美しい微笑みを浮かべた。

「君の顔を見せる必要は、ないね」

眩しく輝く笑顔。でも往来でキスされることは否定されていない。いたたまれない。でも、嫌じゃない。嫌じゃないけれど、人前でキスなんて……でもそれは、クレセット様も私しか見えていないと、周囲の人に思って貰えるということ。

(……いけないわ)

私は伯爵夫人になったのだから、節度をもって行動しなくては。

「メリーナは、私をどう思っている？」

顎をそっと掴まれて、顔を上向かされる。

「っ……す……き、です」

突然クレセット様のお顔が視界に。あまりに近くて、美しくて。顔をうつむけられない代わりに目を閉じれば、瞼にキスをされた。

「すまない、聞き逃してしまった」

「っ……好き、です」

「ありがとう、メリーナ。だが、別の言葉も聞かせてほしいな」

お声がだんだんと楽しげに変わっていく。わざと私を恥ずかしがらせようと甘い雰囲気を作って、唇を指先で撫でる。恥ずかしい。でも……好きな人に何かを求められることが、嬉しい。

「……ぁ……愛して、います……」

求められる言葉を音にすると、腕いっぱいに抱きしめられた。

「愛している、メリーナ」

優しく、暖かな声。

「クレセット様……愛しています」

胸が苦しい。想いが溢れて、胸の内にとどめておけなくて。

想いを通わせたばかりの私たちには、離れていたひと月は、とても長かった。

「離れていた分も、たくさん……愛してください」

愛して。

そう願っても許される。溢れるほどの愛を、与えて貰える。

あまりに幸せで、幸せで怖くて、でもそんな不安さえ、暖かく優しい体温が溶かしてくれた。

◆

クレセットの奴、暴走してなきゃいいけど――

妻が可愛いことに愚かな男共が気付いてしまう。そう言っていたクレセットは今頃、妻を逃がさないために画策したあれこれを実行している頃だろう。理由も告げられずに伯爵邸に連れて来られたセドは、傾きかけた陽を眺めながらそっと息を吐いた。

疲れただろうから茶でも飲んでいけと謎の気遣いを残して、屋敷の主は最愛の奥様と共に室内に消えて行った。何故自分はよく手入れされた中庭で、令嬢とお茶をしているのか。

あのクレセットが、他人の秘めた恋心に気付くはずがない。だとすれば、メリーナ夫人か。

「私は、この国の偏見にただ辟易するだけで、殿下のように変えようなど考えもしませんでした」

「俺もです……。あれは嫌だこれは嫌だばかりで、自分からは……何もしていません」

それに比べて、兄は、姉は。

同時に溜め息をつき、視線を合わせて苦笑した。

「あなたの兄君が、早々に王女殿下側に付いたことには驚きました」

「俺もです。多分殿下は、兄の考えに沿った事務職を提示したんでしょう。体制を変えると言ってましたから、クレセットの仕事を半分引き継いで、防衛体制を本来の形に戻すのかと」

本来半分は、騎士団の仕事だ。先代ラーナ伯爵の頃に騎士団に適任者がなく、兼任していたものを、そのままクレセットが引き継いだ。自分がした方が早いという理由で。

それはサラも知らなかった。そもそも屋敷勤めで、騎士団の内情など詳しく知らない。

「クレセットも、万が一自分がいなくなれば国の防衛が機能不全になると判断したんでしょう」

だからセドの兄に引き継ぐことを了承した。適任だと、クレセットが認めたのだ。

「それに、クレセットももう職場が家になるのは嫌でしょうし」

「そうですね。愛妻家になられましたから」

セドが笑うと、サラもクスリと笑った。

「……そういえば。殿下が俺に恋心があるかとか何とか、あれって、どうして聞いたんですか？」

「それは……」

珍しくサラが言い淀む。まさか、とセドは息を呑んだ。

「……女運が悪いと、伺っていました。あの王女殿下に恋心を抱かれるのは、色々と……」

淡い期待は淡すぎた。ただ心配されていただけだった。

「あなたの騎士としての才能にも気付かないようでしたら、了承することはありませんでしたが」

落として上げる。重要な決断の一端を自分が担ったことに、言い様のない喜びが湧き起こる。

「いつか現れる運命のお相手は、奥様のように純粋で慈悲深いお方であることを願っています」

上げて落とす。全く脈がない。セドは悲しみより戸惑いに揺れた。

「……マクガヴァン令嬢は」

そこで口を閉ざす。クレセットにはあれだけ大口を叩いたくせに、自分はこんなところで怖じ気づいてしまう。言葉を交わしたことすらないのに妻に迎えて溺愛の限りを尽くしたクレセット、すごい。セドは心からクレセットを尊敬した。

「……体制が整ったら、騎士団に入るんですか？」

結局、想いを伝えることも出来ずに違う話題に逃げてしまった。

「いえ。趣味の活動……読書が、出来なくなりますので」

「あー、ヘトヘトになったら楽しめないですよね。令嬢はどんな本が好きですか？」

「恋愛小説です」

恋愛小説？　セドは首を傾げる。それなら、こちらの気持ちに気付いてもいいはずなのに。

「恋愛小説ですか。俺も読んでみようかなぁ。差し支えなければ、令嬢のオススメを教えて貰えませんか？」

そこから好みのタイプとシチュエーションを探る意図と、単純にサラの好きなものを読んでみたくて。任務でも、まず情報収集、次にも情報収集だ。

「いくつか見繕って、お帰りの際にお貸しします。男性側の感想も気になりますので」

「いいんですか？　ではお言葉に甘えて、お借りしますね。ありがとうございます」

また会う口実ができた。素直に明るい笑顔を見せると、サラも柔らかな微笑みを浮かべた。

「王女殿下も奥様も、ご自身で境遇を変えようとされています。私も、私の出来ることで尽力したいと思います」

　サラは、小説で人々の認識を変えようと考えた。こんな恋愛もいいと思って貰えれば、自然と人々の価値観に浸透していく。そして、そんな小説もっと増えろ！　と新たな可能性に胸を踊らせていた。

　考え込むサラを、紅い陽が照らす。夜は近い。だが離れがたい気持ちが、セドの口を動かした。

「あの、……良かったら、少し手合わせしませんか？」

　しませんか、じゃない。庭を歩こうとかそんな誘いが正解だというのに。セドは内心で頭を抱えるが、本心ではやはりサラと手合わせをしてみたい。

「よろしいのですか……？」

「……令嬢さえ良ければ、ですが」

　その答えに、サラは見たことのない至福の表情を浮かべた。

「ありがとうございます。模擬刀でもよろしいですか？　鍛冶師の神の剣に傷をつける勇気がありませんので。ですがいつかは神の剣を受け止めてみたいと思います」

　子供のように目を輝かせ、立ち上がってセドの手を引く。今まで屋敷の者に隠れて鍛練していたことも、もうどうでもいい。家族以外と手合わせできるこの機会を逃したくない。

「シュタイン令息の打撃は軽やかに見えて重いとお見受けしました。途中で速度を増すあの振りは興味深く、太刀筋が……」

　流れるように語りグイグイと引っ張っていくサラと、突然手を繋がれて動揺するセド。お茶のおかわりを持参したメイド長はその現場を目撃し、セド様なら！　と……本人たちの知らないところで、サラの嫁ぎ先最有力候補が決定していた。

◆

髪を撫でられ幸せな時間を過ごしていると、クレセット様は突然小さな声を出した。

「メリーナ……王女に関する弁明を、させて貰えないだろうか」

「ええ、お願いします」

眉を下げるクレセット様がとても可愛い。サラリと揺れる銀の髪に触れると、その手を取られて手の甲に口付けられた。

クレセット様が敢えて止めなかったあの新聞記事は、王女殿下のご提案だったそうだ。

計画のために何度もクレセット様に接触するには、恋心という手段が一番の隠れ蓑になるから。

お母様がその記事をリリアと公爵に見せることで、私に手を出すことを、一時的に止めるという目的もあったという。

お母様は、もう公爵とリリアを止められないと判断した。今まで隠してきたことを決死の覚悟で伯父様に相談して、伯父様が王女殿下とお母様を引き合わせた。伯父様を取り込んだのもまた、王女殿下の計画のうちだったそうだ。伯父様は国を想うからこそ権力を欲したという。

クレセット様が王女殿下側につくと決心されたのは、新聞記事を見た日に、国を捨てても私がついて行くと答えたからだと……大変な決断の一端を担っていたことに震えてしまった。

「全て王女殿下の計画通りだったのですね」

「ああ。私すら計画に含めるとは、末恐ろしい王女だよ」

クレセット様は肩を竦めた。

(そんな素晴らしいお方の補佐役なんて……)

前世の私はただの社会人で、政治なんて関わりもなかった。王太子妃教育を受けていても、それがどこまで通用するだろう。

でも……記憶が蘇った時には前世の私だったけれど、今は口調も考え方もこの世界に生きるメリーナになっている。ずっとこの世界の知識を蓄えてきたメリーナは……私は、自分で思っているよりお役に立てる知識があるのかもしれない。

(お義母《かあ》様とシュタイン夫人からも、授業を受けたもの)

リリアたちを見返したくて必死で、粗探しをされないように完璧に仕上げたつもりだ。

復讐を終えた今の私の、次の目標は……

(クレセット様のお隣に立って、クレセット様と共に生きていく)

弱気になってはいけない。できないなら、できるようにならなければ。

「メリーナ。……誰のことを」

「クレセット様のことを考えていました」

嫉妬をされる側になるなんて、二つの人生でクレセット様が初めて。

「ラーナ伯爵夫人としてお仕事をするので、もっと内外ともに努力しなければと思っていました」

自分がなりたい自分になれた。でもクレセット様のお隣に立つには、まだまだ足りない。

「……これ以上どこを」

怪訝なお顔で私を見つめる。

「メリーナ、すまない。私には君の改善すべきところが分からない……」

「ありがとうございます。クレセット様が私の全てを受け入れてくださるから、私はまた安心して頑張れます」

愛する人に嫌われないことが、何よりの勇気になる。

ただ……クレセット様は、目標にするには畏れ多いほどに、神々しく輝いていた。


後日、王太子殿下とリリアは身分を剥奪され、二人は違う流刑地へと送られた。リリアは最後まで周囲への恨みを叫び、殿下は力なくうつむいたままだったという。

リリアは殿下の子を身籠もってはいなかった。殿下の不倫を知り、他の女性が妃になる前に嘘をつき王太子妃の座を手に入れたのだ。極刑を免れないその罪が減刑されたのは、国王陛下のせめてもの温情だった。

お母様は、彼女の証言で今回の事態が発覚したとして、犯罪幇助にも問われず、公爵と離縁し伯爵家の戸籍に戻された。でもご実家には戻らず、おばあ様と一緒にクレセット様のお屋敷の離れに保護されている。クレセット様は、私を守ってくれた人たちだから当然だとおっしゃった。

初めておばあ様と対面した時も、今までの感情が溢れて涙が止まらなかった時も、ずっとそばにいてくださった。私はたくさんのものを与えられている。それなのに、私は……

「私、クレセット様のお仕事も奪ってしまったのですね……」

王女殿下のメイクを終え、ご公務に向かわれた後の部屋でメイク道具を片付けている今も、クレセット様は私のそばにいてくださる。

「気にすることはない。元々半分は騎士団の仕事だ。国の未来を考えるなら、私だけが管理すべきものではなかった。セドの兄と話し合い、その結果に落ち着いただけだよ」

クレセット様は優しくおっしゃった。

「私の仕事は部下とマクガヴァンの長男が代理をしていると言ったが、私も一年後には戻るよ。部下には新婚旅行に出たと思えと伝えている」

「でしたら、よいのですが……。ふふ、長い新婚旅行ですね」

ついそう言ってから、ふと気付く。

新婚旅行……？

「メリーナ。私たちはまだ、新婚旅行をしていないね」

「そうでした……」

「その前の結婚式は、一年後の気候のいい時期に教会と披露宴会場を予約したよ」

「予約してくださったのですねっ……」

「披露宴は王城の広間を借りた」

「えっ……」

「申請すれば借りられる場所だよ」

「ですが、そこまで……」

「屋敷に他人を入れたくない。それに、招待客が入りきれないだろうからね」

そんな人数っ？　あまりの衝撃に頭がクラクラする。

「君との結婚披露宴は、盛大に行いたいのだが……」

駄目だったかと、シュンと肩を落とす。眉も下がり、これは……捨て犬のよう。

（クレセット様があまりに可愛らしいなんて……）

そんなの、断れるわけがない。

「私のために、ありがとうございます」

クレセット様は私を想ってくださってのこと。それに、たくさんの方に夫婦なのだと見て知って貰えるのは嬉しい。

「ありがとう、メリーナ。ドレスはまた一緒に考えよう。会場内の装飾や料理なども君の好きなものを……」

そう語るクレセット様の、笑顔の輝きが増して眩しい。

「新婚旅行は、どこへ行こうか」

甘くとろけるような笑顔を向けられ、頬を撫でられて……私は久しぶりに心臓がドッとなる感覚に、ヘナヘナと崩れ落ちた。クレセット様の新たな一面は、まだ私には刺激が強いようだ。

「メリーナ。君に会わせたい人がいる」

そして、しばらくぶりのお休みの日。そうおっしゃったクレセット様と馬車に乗り、二時間ほど揺られた先。

窓の外に広がる、のどかな田園風景。太陽に照らされ黄金に輝く小麦畑。心がほどける景色を眺めていると、一軒のレンガ造りの家の前で馬車は止まった。

「ここだよ」

クレセット様の手を取り馬車から降りると、家の扉が開いた。

「ばあや……？」

扉のそばに佇む女性。髪色はとても明るい茶色に変わっているけれど……

「ばあやっ……！」

「お嬢様！」

ばあや。ばあやだ。

駆け寄った私を、優しい腕が抱きとめてくれる。

「ばあや、今までごめんなさいっ……。ばあやはずっと私を愛してくれていたのにっ……」

「お嬢様っ……」

言葉の代わりに、ばあやは昔のように私の背をあやすように撫でてくれた。

ぼろぼろ泣いてしまった私たちは、涙が止まると顔を見合わせてクスリと笑う。

「お噂は届いておりましたよ。そちらがお嬢様の旦那様のラーナ伯爵ですね」

「クレセット・フォン・ラーナと申します」

クレセット様は優雅に一礼される。

「あらまあ、ご丁寧にありがとうございます」

ばあやも綺麗な礼をする。王太子妃教育を私に教えてくれたばあやも、所作が綺麗だ。

「公爵夫人からもお手紙をいただいたのですよ。あの王太子の妃にせずに済み、とても素敵なお方に嫁がれたから安心してほしいと」

「お母様が……？」

「王太子妃教育も、お嬢様が嫁がれてから苦労しないようにと、夫人と先代夫人にお願いされたのですよ。……ようやく本当のことをお話しできました」

そんなに昔から、私のことを想ってくださっていた。胸が熱くなり、視界が滲む。

「お嬢様は今、幸せなのですね」

「ええ、ばあや。私、とても幸せよ」

心からの笑顔を浮かべると、ばあやも優しく笑ってくれた。

家の中に案内されて、リビングの木製の椅子に座る。テーブルも一枚板で素敵な風合い。どれも家主の方の作品だと教えてくれた。

「おばーちゃん。このおねえちゃんとおにーちゃん、天使さま？」

ばあやの後ろから、小さな男の子と女の子がヒョコッと顔を出した。

「こちらのお兄さんは、伯爵様よ。とても偉いお方なの。お姉さんは、おばあちゃんが昔お仕えしていたお嬢様よ」

「おばあちゃん……？」

この子たちは、ばあやのお子さんではなく……？

「メリーナ。乳母殿は母親よりも、祖母殿に近いご年齢だったよ」

「おばあ様とっ？」

おばあ様は、今年五十七歳だ。

「あの……私が十歳の頃、二十七歳だったと聞いていて……」

「ええ、お嬢様にはそう申し上げましたね。本当は、あの頃は四十三で、今は五十一ですよ」

十六歳も年上だったの……？

でも、肌のハリもシワやシミのなさも、とても五十代には見えない。

「後々公爵からの危害が及ばないようにと、髪を染めて、年齢も詐称するように公爵夫人からご指示があったのです」

お母様は、乳母のことも密《ひそ》かに守っていたのだ。

「でも、どうしてそこまでして私を……」

「お嬢様は……理由があって兄夫婦に預けた私の子に、とても似ていらしたのです」

だから、大切に育ててくれた。手放すしかなかった我が子の代わりに。

（私は、その子が受けるはずだった愛情を……）

「この子たちの母親です。もう少ししたら畑から帰ってきますので、ご挨拶させてくださいね」

ばあやはそう言って頬を緩めた。三年前から一緒に暮らしているそうだけど、お孫さんたちも懐いている。それなら、娘さんとも仲良く暮らしているはずだ。

「ばあやも今、幸せなのね」

「ええ、とても幸せですよ」

心からの笑顔をこの目で見られて、私の心にわだかまっていたものが溶けていく。酷いことを言ってしまった私も、ばあやは優しく包み込んでくれた。

「あら私ったら、お客様にお茶もお出ししないで……」

ばあやはパタパタとキッチンへと向かう。

「乳母殿。その髪飾りは？」

クレセット様が突然神妙なお声を出された。ばあやの髪を後ろでまとめているのは、向日葵と、白い花を咥えた青い鳥があしらわれた髪飾り。

「私が子供の頃にプレゼントしたものです。まだ持っていてくれたなんて……」

「お嬢様からの初めてのプレゼントですもの。ずっと大事にしていましたよ」

もう十年以上も前なのに、こんなに綺麗なままで使ってくれている。嬉しくてまた目の奥が痛んだ。そんな私の横で、クレセット様が呆然と呟く。

「あの時の子供は、君だったのか……」

(あの時……？)

「覚えていないだろうか、メリーナ。あの日君は、その髪飾りを握りしめて、座り込んでいた」

私がこの髪飾りを買った日、あの日は……

「すぐに立ち上がり、泣きそうになりながらもしっかりと前を向いて……」

「……危ない場所に向かおうとしていた私を、引き留めてくれた男の子が、いました……」

治安の悪い場所だからと、私の手を取り、その場から連れ出してくれた。私が広場に行きたいと伝えると、案内してくれて。

「でも、あの時の男の子は、銀色の髪では……」

「あの時期は父の仕事に同行する時は、黒に染めていた……」

それは、あの男の子がクレセット様だったという証。

「てっきり、親からはぐれた平民の子供だと……」

そう思われても仕方ない。貴族令嬢や裕福な家の子なら、常に護衛が付いている。あんな場所で迷子にはならない。

「あらまあ、運命ですね」

呆然として見つめ合う私たちに、ばあやは嬉しそうに微笑む。

「私は、再び君に出逢い、惹かれる運命だったようだ」

「私も……誰にも言えませんでしたが、あの子が、初恋でした」

密やかで淡い恋心。私を助けてくれたあの子は、とてもかっこよくて眩しいヒーローだった。

「クレセット様……。私を見つけてくださって、ありがとうございます」

路地裏でも、教会でも、大広間でも。クレセット様は何度でも私を見つけて助けてくださる。

（私、とても、とても幸せだわ）

抱きしめられて暖かな体温を感じながら、溢れる想いにまた涙が止まらなくなってしまった。

◆

孫たちはメリーナにすぐに懐き、クレセットと乳母の見つめる先で一緒にお絵描きをしていた。

「お嬢様のあの笑顔……。本当に……娘に、よく似ております」

まだ幼かった娘の笑顔を思い出し、乳母はそっと目を伏せた。

「あなたが血の繋がった祖母だと、メリーナに伝えなくてよろしいのですか？」

メリーナが冷遇され始めた頃、公爵夫人はとある夜会でメリーナの実母にとてもよく似た面影の女性と出会った。まさかと思い話しをする中で、メリーナの祖母だと確信したのだ。

それが、メリーナの乳母になった本当の理由。娘の忘れ形見を、大切に育てていた。公爵が献身的な乳母に疑いを抱き始め、メリーナに飛び火しないうちに、父親の介護のためと理由をつけて屋敷を後にするまでは。

「私は、あの子の祖父を手にかけた者です。とても血縁だなどと名乗れません」

「あの傲慢な暴力男が死んだところで、救われた者しかいません」

先代公爵は、気に食わないことがあると妻や使用人に手を上げるような男だった。

「再調査の結果、先代公爵が奥方に毒を盛ろうとし、誤って自らが口にした形跡しかありませんでしたが」

クレセットはフッと笑みを浮かべる。

「よく似たグラスを使用していたため、新人のメイドが取り違えて給仕してしまったのです」

「……ラーナ伯爵がそうおっしゃるなら、そうなのでしょうね」

乳母は諦めに近い表情で眉を下げた。

憎い男の父親が、娘を大切にしてくれた女性に手を上げていた。それを目の当たりにした。あの日起きたことは、ただ、それだけ。

「ですが、私よりも優しい方々の元で育てられた方が娘も幸せでした」

男爵夫妻も、先代公爵夫人も、惜しみない愛情を注いで育ててくれたと聞いている。

「子を想う母親と離れて、寂しくない子はいません」

「っ……ありがとうございます。……そうであればと、願っております」

そっとハンカチで目元を押さえた。

「乳母殿。私は、メリーナの夫として認めていただけますか？」

「そうですね……。私の足取りを掴めなかったところは、まだまだですが」

その理由は単純なものだった。年齢と外見の詐称。それから、そもそも公爵家の敷地から移動していなかった。先代公爵夫人のメイドとして、姿を変えて二年ほど共に暮らしていた。商家勤めも、夫の転勤も、全て嘘。ほとぼりが冷めた頃に田舎に帰ってきたことだけが本当だった。

「孫の旦那様としては、これ以上ないお方です」

乳母は慈しむような瞳でクレセットを見つめる。

「このご恩、どうお返しすれば……」

「礼を言うのはこちらです。あなたが育ててくださったから、メリーナは心優しいままでいられたのですから」

メリーナへの愛情に溢れる瞳。乳母はようやく、心の底から晴れやかな笑顔を浮かべた。

◆　◆　◆

「あれから一年か……」

仕事に復帰したクレセットは、執務机に積まれた書類を見てぽつりと呟く。

「減った気がしないのだが」

この部屋は一年間施錠されていた。定期的に掃除に訪れていたメイド長と執事以外は入っていない。つまり、この書類は復帰する今日運ばれてきたものだ。

「復帰おめでとーって陛下からのメモついてんぞ」

セドはそう言って書類の山をドサリと机の上に置く。あのタヌキ、とクレセットが呟いた。

「……お前は何も変わらないな」

「まあ、一年くらいじゃな」

外見のことを言っているのか、遠慮なく書類の山を持参したことを言っているのか。

「出逢ってからの時間も何をして貰ったかも関係ない。ただ傍にいたい。見つめていたい。そんな想いひとつ生まれれば、それは恋だ」

「えっ！　なにっ？　あ、俺が前に言ったことか、てか記憶力こわっ！」

「好きになって貰う努力をするのだろう？」

「……前言撤回。断られるのも脈ナシって本人から宣告されるのもつらい。死んじゃう」

変わらないと言ったのは、セドとサラの関係性のことだ。この一年、大きな進展はない。たまに本の貸し借りやお茶をすることと、サラが神父をきっぱり諦めたこと以外は。

「俺、本気になったら押していけるタイプだと思ってたんだけどな……。まじでクレセットは偉大だって実感したわ……直接聞けばいいとか言ってごめんな……」

「分かればいい」

フッと笑みを浮かべ、書類の山から一枚、机の上に置いた。

「上手くいけば、ダブルデートというものをしたい」

「おー……」

「上手くいかなければ、……どう声をかければいい……」

「ほんとめちゃくちゃ表情豊かになったよな……」

憐れみの表情がとてもよく表現出来ている。

「マクガヴァンなら、セドの良さを分かっている。裏表もない。そして強い。私としては上手くいって欲しいと願っている」

「ありがとな……お前は最高の親友だ」

セドはソファに座り、こちらにも積まれた書類から手伝えそうなものを探した。

「手合わせが出来て嬉しいと言っていた。そのうち本気で戦えそうだと」

「あー……やっぱまだ本気引き出せてなかったかぁ……」

「お前に手加減されなかったことが嬉しかったらしい」

「そんなことしてたら瞬殺だって」

苦笑するセドを、ジッと見据える。それを出来る人間はそう多くはない。女性相手には無意識に手加減をしてしまうものだと、サラは言っていた。

「マクガヴァンのどこに惚れた？」

「えっ、…………めちゃくちゃかっこいいとこ」

きっかけは、馬車が襲撃されたあの日だ。

「でもドレス着たらすごい綺麗だし、強いのに時々守らなきゃって思う雰囲気あったり、なんかこう、…………なんだろ」

「好きではないところがない」

「そっ、……そう」

「私もメリーナの全てを愛している」

突然の愛妻家発言ももう慣れたもの。セドは書類を捌きながら、好きな相手のことを人に話すって照れるな、と顔を赤くした。

「脈がないわけではないと私は考えている。後はお前次第だ。……この程度なら話しても、メリーナに怒られないだろうか」

「んー、どうだろ。結構重要なこと聞いた気がする」

そう返すと、クレセットは無言になる。じわじわと視線を落として、頭を抱えた。

「冗談だって。ごめんな。そういう励まし、すごい助かる」

過去の自分は、聞き分け良く諦めてきた。どうせ駄目だろうと、傷つくことを最小限にして。

サラは、断られたとしても諦められる相手ではない。頷いて貰えるように、自分を高める努力もしなくては。しっかりと顔を上げたセドに、クレセットはそっと安堵の溜め息をついた。

◆

一年で、人々の価値観は大きく変わっていた。

王女殿下が継承権第一位に任命され、貴族たちとの会議や街の視察や講演を行うようになった。

凛々しさと威厳のある殿下は、時々可愛さを使い分けて人心を掌握している。私も殿下に同行して、少しはお役に立てているはずだ。

（前世では、女王陛下や女性首相がいたけれど……）

そこに至るまでと同じ、時代の変革期に、私は関わっている。

国民の価値観が変わり始めたのは、有名恋愛小説家が新しい形の小説を発表したことも大きい。女性騎士と男性皇帝の華やかな小説や、投資家同士の犬猿の仲から始まる小説、可愛い男性がヒーローの小説も人気があるそうだ。

そして、クレセット様と私がモデルになった小説も出版された。でも、ぷよぷよしていた私を溺愛するクレセット様を思い出してしまって、まだ少しずつしか読めていない。

（いまだに慣れないのよね……）

抱きしめられるだけで、見つめられるだけで、胸がドキドキして目をそらしてしまう。

（クレセット様、ますますかっこよくなるんだから……）

いつまでも相応しい妻になれる気がしない。

そんな私は、一年が過ぎた今も、王女殿下の補佐役として事務仕事をしている。クレセット様は渋いお顔をされていたけれど、お義母《かあ》様とお義父《とう》様が護衛をしてくださることになって、渋々了承してくださった。私にはあと少しだけ、やり残したことがある。

私は今、宰相のご子息に引き継ぎをしている。穏やかでふわふわしているけれど、とても利発で多角的に物事を捉える視点と柔軟な思考を持つお方だ。人前が苦手だと言って前髪を長くしているご子息は、お顔が驚くほど整っていた。

王女殿下が私にこっそり一目惚れだと教えてくださって、中性的なお顔を好まれるのは、計画だけではなかったのだと知った。

（ご子息も、殿下のことを快く思っていらっしゃるみたいだけど……）

それは私がお節介をすることではない。殿下は、本当に欲しいと思ったら諦めないお方だから。サラさんも神父様を諦めた理由はセドさんのはず。でもお屋敷でセドさんに会う時も、街に出かける時も、落ち着いた色合いの服で装飾品もつけない。

(でもそれも、それぞれの価値観の問題よね)

サラさんは自然体でいても全てを受け入れてくれるセドさんのおおらかなところに、安心感と包容力を感じているはず。あと少し、何かきっかけがあれば……

「奥様。取り急ぎこちらのご返答が欲しいとのことです」

「っ、分かったわ。ありがとう」

渡された紙は、お屋敷そばの建物の内装についてだ。引き継ぎが終わり次第、その建物で健康のための食事と運動の教室を開く。クレセット様が、私が嫁いだばかりの頃から計画してくださっていたもので、企画書を見せられた時は感激のあまり飛びついてしまった。そんな私を、クレセット様はとても嬉しそうに抱きしめてくれた。

ご厚意に甘えてサウナの導入もお願いしてしまったのに、数日後には北方の国出身の技術者を呼び寄せてくださった。クレセット様も、初めて知るサウナに興味津々のようだ。

(クレセット様が、サウナ……)

いつも涼しげなお顔をされているから、上手く想像できない。でも、水も滴るなんとやら、クレセット様はどこにいても絵になるのだろう。

そんな日々を過ごしているうちに、あっという間に私たちにとって大切な日を迎えた。

私たちは今日、晴れて結婚式を迎えた。

クレセット様と相談して、ドレスはやはりマーメイドラインを選び、ロングトレーンはレースをふんだんに使用した。宝飾品は煌びやかなものを、クレセット様の瞳と同じ色で揃えている。メイクもそれに合わせて、でも結婚式だから派手になりすぎずに、聖女のイメージ……なんて冗談でやってみたら、思ったよりも上手くできた気がする。

「綺麗だ……」

準備を終えて控え室を訪れたクレセット様は、扉のそばでしばらく立ち尽くしていた。そして。

「旦那様っ、駄目です～！」

「ドレスがシワシワになります～！」

「でもお気持ちは分かりますっ!!」

ドロシーとデイジーに咎められて、クレセット様は伸ばした手をぎゅっと閉じる。

「……メリーナ」

「はい、クレセット様」

「このまま連れ去ってもいいだろうか」

「っ……はい」

「旦那様の奥様ですので、連れ去る必要はないかと」

サラさんの淡々とした返しに、お義母《かあ》様が吹き出す。

「メリーナさんも、今からその本人と結婚するのに逃避行なんて」

「そうですよねっ……。あの、クレセット様……それは、披露宴の後で……」

「ああ。途中で連れ去らないよう気をつけるよ」

少し眉を下げて微笑み、私の腕にそっと触れた。

「……クレセット様。とても、素敵です」

改めて見惚れてしまう。クレセット様は正式には軍人ではないから、授与式とは違い、伯爵として白の婚礼衣装を纏っている。勲章も肩章もないシンプルな服も、クレセット様が着れば華やいで見えた。ブローチは私の瞳と同じ色。カフスは、私がプレゼントしたものを絶対につけたいとおっしゃってくださった。

「ありがとう、メリーナ」

私の手をそっと取り、指先に口付ける。

「君の夫として隣に立てることを、心から誇りに思うよ」

とても甘い微笑みに、心臓がドクンッと脈打った。

「ね、デイジー。絵になりすぎて宗教画みたい……」

「どうしてお二人は人間されてるのかな……」

人間されてるって初めて聞く表現だわ。ドロシーとデイジーのおかげで、ドキドキは微笑ましさに変わった。

式は親しい人たちだけで行われた。クレセット様のご招待客の中には国王陛下と王女殿下もいらして、職権濫用だとクレセット様はブツブツおっしゃっていた。でも、お二方は素直にクレセット様をお祝いしたいのだと思う。

私側の招待客は、ずっと私を想ってくれていた人たち。おばあ様も今日は調子がいいからと車椅子でご列席くださって、私の本当のお母様の肖像画を抱いていた。

（もう泣きそうだわ……）

お義父《とう》様と入場して、祭壇前でクレセット様の手を取る。誓いの言葉を述べて、結婚指輪を交換する。サイズの合わなくなった最初の結婚指輪はサイズを直さず、今日のためにもう一つ作ってくださった。そうすれば君にもう一度結婚指輪を贈れる。優しい微笑みで、そうおっしゃって。

最初の結婚指輪が、クレセット様と私の胸元で揺れて輝く。

私たちの左手に輝くのは、これからまた新しい思い出を刻んでいく、夫婦の証。

「メリーナ、愛しているよ」

私のベールを上げたクレセット様は、そっと囁いて、唇を重ねた。

「クレセット様……愛しています」

想いが溢れて、頬を涙が伝う。

愛する人と生涯の愛を誓って、大切な人たちに祝福されて……叶わなかった前世まで、掬い上げられたようで……あまりの幸せに、またひとつ雫がこぼれる。

そっと髪を撫でる手のひら。愛していると優しい声がして、私の頬に暖かなものが触れた。

披露宴の最初は、プリンセスラインでオフショルダーのウェディングドレスを着たのだけど……

「君の美しさの前に、未だ身の程を知らずに妬む者共はひれ伏せばいい」

クレセット様は低く唸るような声でそうおっしゃった。王城でのお仕事中に私の陰口を言う人たちがいたことを気にされているのだ。

「ありがとうございます。ですが、もういいのです」

「メリーナ……」

私も人間だから、何もせずに全てを水に流すつもりはない。そう、思っていた。幸せだから憎しみを忘れようなんてできないと。……でもやはり、私は聖女のようにはなれないみたいだ。

「私はとても幸せなので、……そうですね。私はこんなに幸せなのだと、見せつけてあげたい気持ちはありますよ」

「君が慈悲に溢れている分、私が奴らに手を下そう」

「えっ、あのっ、私は慈悲なんて」

「では君が気に病まない程度に」

クレセット様に手を差し出され、私は反射的にその手を取っていた。

会場に入ると視線が全て私たちに集まる。皆様の前で、クレセット様はご挨拶を述べられて……

「皆、私の妻の美しさをその目に焼き付けて帰って欲しい」

（クレセット様っ？）

「今日だけは視線を向けることを許そう」

（上から目線が似合いすぎて、美しいわ……）

美しいのはどう考えてもクレセット様。会場中の視線が一斉にこちらを向き、私は顔がひきつりそうになりながらも、微笑みを保った。

挨拶を終えて、皆様が思い思いに楽しみ始めてから、私はそっとクレセット様の腕を引く。

「強引な手段は取っていないよ。君の美しさを目にすれば、皆、自ずと口を噤む」

クレセット様が視線を向けた先。陰口を言っていた女性二人が、ハッとして私に頭を下げた。

「妬みは憧れの裏返しでもあると、母が言っていた。少しつつけば裏返ると」

「お義母《かあ》様、素晴らしいです……。つついてくださったクレセット様も素晴らしいです……」

感心していると、たくさんの人が祝福の言葉を贈りに訪れてくれた。

「なによあれ、一年経っても元に戻ってないじゃない」

「本当にあれがあの悪女？」

人垣の中から聞こえる声。

「慰労会にいらっしゃらなかったのね？　妹と父親があの方を陥れようとして、悪い噂を流していたのよ？」

「努力してあんなに素敵になられたの」

「実力主義のラーナ伯爵に見初められるはずだわ」

「そういえば、王女殿下に帯同される伯爵夫人のお洋服ご覧になりました？　凛々しくて素敵なデザインで……」

聞こえる声は、私を称賛する声に次々に変わっていく。嬉しくて、少し恥ずかしくて、クレセット様を見つめた。

「クレセット様は、デザイナーとしても成功なさるのでしょうね」

「君以外の服をデザインする気はないよ」

そうおっしゃって、クレセット様は私の手を取り、指先にキスをする。

「メリーナ。私と、踊って貰えないだろうか」

「っ……はいっ」

胸に手を当てお辞儀をするクレセット様が、あまりに素敵で見惚れてしまう。周囲からも感嘆の溜め息がこぼれる中で、ホールの中央に移動すると、華やかな音楽が奏でられ始めた。

こんなにハッピーエンドになるなんて……

甘く優しい瞳に見つめられて、夢のようにふわふわする。

でもこれは夢ではないと、力強く私を支えてくれる腕が教えてくれた。

◆

「素晴らしい結婚式でした」

結婚式後。メリーナが通っていた教会の神父は、乳母にそう言って微笑んだ。

「神父様。……お嬢様がこの日を迎えられたのは、神父様のご助力あってのことです。心より感謝いたします」

乳母は深く頭を下げた。

婚約破棄の予兆を感じ、クレセットに夜会に出るよう勧めてほしいと神父に頼んだのは、乳母だった。

「私はただ、メリーナがお世話になっていると知り、密《ひそ》かにコンタクトを取ったのだ。

後悔のないようにとお伝えしただけですよ。メリーナさんの信仰心と伯爵の想いに、主がお応えくださったのでしょう」

神父は柔らかく微笑む。

「そしてあなたの献身的な想いが、メリーナさんをお守りくださったのでしょう」

「っ……そうであれば、と……」

それ以上は言葉にならず、乳母はハンカチで目元を押さえた。

たくさんの想いに支えられて、今日という日がある。そのひとつひとつを愛しく、大切に想うメリーナだからこそ、輝く未来に辿り着いたのだと。結婚式での幸せそうな二人を想い、そっと頬を緩めた。

◆

数日後――

「サラさんのご友人がまさかあの大先生だなんて、驚きのあまり倒れましたわ」

改めてお祝いに訪れてくださったナナ先生は、そう言って楽しそうに笑った。

ナナ先生がモデルの恋愛小説は、飛ぶように売れてベストセラーになった。とてもロマンティックで素敵な物語。ナナ先生の旦那様は、「これはパパとママのご本だよ」と言って幼い子供たちに読み聞かせていたそうだけど、先生は「まだ少し早いわよ」と止めたそうだ。

「こんなに素敵な物語になるなんて……読み終えて夫を見たら、あの日のことを思い出して、また恋をしてしまいました」

頬を染める先生が可愛らしくて、私も読んだ先生の本を思い出して、嬉しくなった。

「メリーナ夫人のご本も拝読しましたよ」

「えっ……」

「とても可愛らしい夫人が伯爵の熱烈な愛に翻弄されるところなど、もう、たまらなかったです。こんなふうに愛されてみたい！　とドキドキしました」

控えていたサラさんが、ありがとうございます、と言って頭を下げた。

「もうすぐ新婚旅行でしょう？　小説のその先の物語ですね。素敵だわ」

「はい。……ですが、あの……」

「……もしかして、もう、夫婦喧嘩ですか……？」

ナナ先生の顔色が曇る。何故かサラさんも心配そうに私の方へと近付いてきた。

「メリーナはまだ、私と二人きりでは照れてしまうのです」

「あらっ、伯爵っ」

「クレセット様っ？」

「ただいま、メリーナ」

後ろから抱きしめられて、頬にキスまでされる。

「おかえりなさいませっ……あの、でも、どうして……」

「君に会いたくて、仕事を終わらせて来たよ」

そうおっしゃるけれど、まだ夕方にもなっていない。

（早くお会いできて、嬉しい……でも……）

今度は目元にキスをされて、頬を撫でられた。

「クレセット様っ、先生の前ですのでっ」

「私のことは気にしなくていいのですよ。微笑ましくて安心します」

「現実が書き下ろし……ンッ」

先生はにこにこと笑ってお茶を飲み、サラさんは何かを呟いて咳払いをした。

「もしよろしければ、伯爵のお話を伺っても？」

「ええ。メリーナへの想いを語ってもよろしいですか？」

「ぜひお願いいたします」

待って、と言いたくてもクレセット様の美しい微笑みに言葉を封じられる。

太陽の光を浴びて、ますます輝くクレセット様。

数日後には新婚旅行。……私の心臓、止まらないかしら……

すでにドキドキしている私を、クレセット様は抱き寄せて、私への愛をとうとう語りはじめてしまう。もう一年以上もおそばにいるのに……私がクレセット様の溺愛に慣れるには、まだまだ時間がかかりそうだ。

この作品に対する皆様のご意見・ご感想をお待ちしております。

おハガキ・お手紙は以下の宛先にお送りください。

【宛先】

〒150-6019 東京都渋谷区恵比寿 4-20-3 恵比寿ｶﾞｰﾃﾞﾝﾌﾟﾚｲｽﾀﾜｰ 19F
（株）アルファポリス　書籍感想係

メールフォームでのご意見・ご感想は右のＱＲコードから、
あるいは以下のワードで検索をかけてください。

アルファポリス　書籍の感想　検索

ご感想はこちらから

本書は、「アルファポリス」（https://www.alphapolis.co.jp/）に掲載されていたものを、
改稿、加筆、改題のうえ、書籍化したものです。

ぽっちゃりな私《わたし》は妹《いもうと》に婚約者《こんやくしゃ》を取《と》られましたが、嫁《とつ》ぎ先《さき》での溺愛《できあい》がとまりません

柊木ひなき（ひいらぎ ひなき）

2024年 12月 5日初版発行

編集－本丸菜々
編集長－倉持真理
発行者－梶本雄介
発行所－株式会社アルファポリス
〒150-6019 東京都渋谷区恵比寿4-20-3 恵比寿ｶﾞｰﾃﾞﾝﾌﾟﾚｲｽﾀﾜｰ19F
TEL 03-6277-1601（営業） 03-6277-1602（編集）
URL https://www.alphapolis.co.jp/
発売元－株式会社星雲社（共同出版社・流通責任出版社）
〒112-0005 東京都文京区水道1-3-30
TEL 03-3868-3275
装丁・本文イラスト－祀花よう子
装丁デザイン－AFTERGLOW
（レーベルフォーマットデザイン－ansyyqdesign）
印刷－中央精版印刷株式会社

価格はカバーに表示されてあります。

落丁乱丁の場合はアルファポリスまでご連絡ください。

送料は小社負担でお取り替えします。


ISBN978-4-434-34965-2 C0093